KB130156

나의 하염없는 바깥

송주성

시인의 말

소리는 소리 바깥으로 나가본 적이 없다
소리의 바깥은 소리의 죽음
오, 바람이여
소리가 소리 너머로 날아가려고 퍼덕이는 소리여

나는
저 꽃 하나 때문에
소리 없는 공중을 올려다보게 된다

꽃이여
내일 걸어갈 소리의 발이여
훗날
사람들은 꽃에게 이렇게 말하리
"이토록 예쁘게 진화한 발은 처음 봐요."

2018년 4월
염밭에서 송주성

나의 하염없는 바깥

차례

1부

2부

3부

발문

1부

묵호

해 넘어간 묵호항
뜨거운 곰치국을 먹는다

안녕, 잘 있어라
이 말을 해두고 싶어서
그립다, 이 말을 미리 해두고 싶어서
이 한 그릇
뜨겁게 문드러지는 것을 삼키려고

나 혼자
이 먼 길을 왔다

단풍

아버지

이승 돌아보며

벌겋게

우시네

조약돌

성아
고향 떠나 서울 가거든
어디든 젊은 놈 혈기 부려 뛰쳐
나가지 말고 모나지 말고
진득하게 있어야 쓴데이
수없는 틈들의
뜨거운 자갈밭 지나
내 다시, 흘러볼 것이냐
사람이란 거는 서로 섞일 줄 아는 거
그게 마 최고인기라
간지럽히듯
나의 단단한 껍질을
부수고 부수어서
성아
고향 떠나 서울 가거든
드디어 나의 빈 알맹이를 드러낼
그 오랜 때도록
사람들이 몰리가는 데로 니도 꽉 잡고

어디로든 흘러가는 데로
끈질기게 따라가야 한데이
나 언제
보이지도 않는
먼지 되고 물 될 터이냐
성아 성아
내 말 단디 듣고
어데 가서 외톨뱅이 맹쿠로 서룸 받지 말고
비바람 타고
속속들이 스며볼 것이냐
부딪히며 깨지며
땅처럼 하늘처럼
으잉? 알겄나? 이눔아야……
동그래져 가서
단단한 덩어리
마지막 빈 알맹이
새 되어
날아올라 볼 것이냐

가을 물소리

가을인데
붕새는 한 번의 날갯짓으로 천 리를 날아가지만
물은 단 한 번의 떨어짐으로 날개도 없이 만 리를 가는

망아지는 태어나서 숨 한번 고르고 일어서지만
물은 맺히자마자 뒤꿈치 똑바로 세우고 달리기 시작하는

붕새 하늘을 날고 망아지도 일어서고 물이 만 리를 달리는
가을은
가을인데

사과나무에는 천 리를 돌아다니던 애비 돌아와
식솔들 오랜만에 발갛게 벌렁벌렁하는

막내 사과 알속도 제 안에 더 이상 단단해질 곳이

없는
가을인데

계곡가 은은한 물소리 향기 도저히 견딜 수 없어
시 몇 편 쓰다가 참지 못하고 일어서는

오래된 나
문득
갈 곳
없는
가을은
가을인데

사막시편 1

나는 걷고 있다. 나는 걸을수록 길이 길어진다. 우주는 팽창하고 처음엔 아주 짧았던 것이 점점 길어진다. 걸을수록 길 끝에서 누가 사라지는 것이다. 길이 길어져서 그림자 길어지고 그림자 길어져서 길어지는 길을 내가 다 끌어오고 있는 것이다. 내가 걸어오고 있는 것은 명백하다는 것이다. 길 끝에서 누가 일어서서 간다. 가면서 내 길을 한번 쓰윽 잡아당겨 놓고 간다. 우주가 팽창하고 길 끝쪽에서 들려오던 노래 멀어진다. 멀어져 웅성거림이 되고 웅성거림 멀어져 더 이상 들려오지 않는다. 내가 계속 걸어서 길은 자꾸 길어지고 길이 길어져서 또 누가 길 끝에서 사라진다. 사라지면서 길 끝을 잡아당겨 놓고 잡아당겨서 길 끝은 더 늘어나고 더 늘어나서 또 멀어지고 멀어져서 나는 또 걷고 내가 계속 걸어서 길 끝에서 누가 다시 사라지고 누가 사라져서 나는 길이 더 멀어지고 우주는 팽창하고 수백 광년 후쯤, 길 끝에 아무도 없을 때 누구도 나의 도래를 모를 때 쏟아지는 한낮의 햇살을 나는 혼자 맞는다. 우주가 팽창하

고 나는 둘 중 하나가 된다. 눈을 뜰 수 없는 곳, 주저앉거나 길을 가거나

바깥 1

– 복숭아나무

모든 열매는 바깥으로 열립니다

복숭아나무 안에는 엄마만 살아요. 허공 속 바람이 된 자식들을 먹이려고 젖가슴을 밖으로 내어놓은 엄마는 장님인지도 몰라요. 몸 밖에 과즙을 주렁주렁 달아놓고 허리가 굽고 손가락마다 옹이가 박히고 온몸이 뒤틀렸네요. 엄마를 잘못 찾아온 눈먼 아이들, 까치도 와서 파먹고 나비도 먹고 가서 엄마는 상상임신을 습관적으로 반복하는 늙은 처녀일지 몰라요. 보이지도 않는 자식들을 먹여 살리느라 해마다 늙어가는 줄도 모르는 복숭아나무는 열매도, 복숭아 맛도 몰라요.

몰라요, 아이, 몰라, 봄 한철, 아무것도 모르는 엄마는 꽃을 피워
무릉이랍니다

열매는 반드시 그 무릉의 폐허 뒤에

툭, 떨어졌습니다

바깥 2

– 무덤 하나

돌배꽃 핀 언덕 너머
허물어져가는
이름 모를 무덤 하나

세상 사람 다 아는 자신의 슬픔을
자기만 모른 채 저렇게 누워 있다
그렇지, 세상이 다 흘리는 눈물을
나만 흘리지 못할 때가 오겠지

그러나 나는 절대로
내 안에다 나를
묻을 수 없어서

오래 허물어져가는
이름 모를 무덤 옆
저만치
세상 고요히
하늘거리는

돌배꽃
한 무리

바깥 3

– 무지개

내가 빛일 때 당신은 허공의 물방울
당신의 안에서 굴절되지 않으면 나는 아름다울 수 없다
당신의 안에서 가닥가닥 나눠지 않으면 나는 빛날 수 없다
너무 작아서 보이지도 않던 당신
너무 가벼워서 풀잎 위조차 고이지 못하고 하늘로 날리던 당신
맑고 투명한 당신의 안쪽 둥근 거울 벽에 가닿지 않으면
내 안에서 옛날 크레파스 하나둘 꺼내는 당신 젖은 손등 아니면
한 가닥 한 가닥 부풀어 올리는 크나큰 눈망울의 당신 아니면
나의 몇 개 웃음들 말고는 안 보이는 품속으로 가만히 껴안는
젖무덤처럼 둥근 당신, 당신의 그 동그란 가슴 아니면

나는 산산이 흩어진 허공의 무수한 내 이름을 구원할 수 없고
세상이 나를 저렇게 환히 기꺼워할 수 없다

비 내려 어두컴컴한 날
밤이 오기 전에 날 찾으려고
하늘가 서성이던
당신

바깥 4

– 낙타

고비사막에 와서 나는 내가
낙타였음을 안다
이 별빛 아래를 다 걷고 나면
저 바람들의 대지에서 나는 또
낙타가 될 것이다
양들조차 먹기 위해서 다니고
개들도 그 양들을 지키기 위해 다니지만
낙타는 오직 다니기 위해 먹는다
바깥의 길을 걷기 위해
목숨의 안을 채우는 낙타만이
장소 없이 거주하는 삶을 산다
그는 우리 없는 것들의 꿈을 가리키는 상형문자
걸어갈 길을 바람에게조차 묻지 않으며
걸어온 길을 바람에 지우며
차마 한 고독과 한 고독 사이를 걸어갈 뿐인
낙타만이 그렁그렁 등에 짊어진 두 동이 사이로
'나'를 태울 수 있고 사막을 걸어갈 수 있고
익명의 마른 우물들과 함께 의미의 축복도 없이

이 사막에서 저 별빛과 함께 묻힐 수 있다
낙타만이 너와 나 혹은
이름 모를 별과 별 사이의 긴 길을 걸어
캄캄히 텅 빈 길을 걸어
밤하늘 가득 하얗게 빛나는 발자국들 찍으며
걸어왔다가
다시 걸어간다

바깥 5

– 시간의 길

지나쳤는지 더 가야 하는지
웅성거림 뒤엉켰을 때
마침내 길을 잃었다
이름마저 고비인 사막
길을 잃고서야 길을 생각하게 된다
누가 앞에서 걸어갔던 자국을
그저 길이라 불러왔음을 후회하게 된다
표식할 봉우리 하나 없는 들판에서 길을 잃고 보니
사람 없는 곳에 길이 있으랴 끄덕이게 된다
가늠할 것은 대지가 아니었다
사람의 발자국도 아니었다
지나가는 유목민에게 길을 물었다
곧장 한 시간을 더 간 다음, 왼쪽으로 이십 분쯤 가란다
나는 그가 신의 파수병이 아닌가 놀라며 돌아보았다
그의 말끄트머리에서 장소가 시간 속으로 들어오고 있는 것을 보았다

오, 모든 늦었던 꽃들과 때 일렀던 이파리들의 서글픔이여
출발 시간을 놓쳐버렸던 터미널 대합실이여,
늦었던 고백, 늦었던 그리움, 때 이른 용기, 설익었던 후회여
놓친 것은 대지가 아니었다
잃은 것은 길이 아니었다
내일도 시간은 떨리는 발끝으로 파내는 생면부지
바깥의 길은 언제나 길 아닌 것과 함께
내 안에서 다시 이어져왔다
길 아닌 길의 끝을 또 이어가
어느 먼 쓸쓸한 날
처음 보는 새하얀 바깥에 도착할 때까지
나는 또 없는 길을 물을 것이다
지금 몇 시입니까?

용서容恕

용서받고 싶다면 꽃이여
피지 마라

더 너그러운 용서를 얻기 위해서라면
대신에 더 많은 죄를 짓자꾸나

벌써 피어버린 마음이여
죄인의 찢어진 눈빛 아래서 벌벌 떠는
저 사람들 앞에서

꽃이여
떨어지자꾸나
떨어지자꾸나

바깥 6

– 혜성 아이손

그가 지나간 뒤
그의 행적을 더 묻진 않았습니다

지나간 것들의 뒤
표정은 마음을 놓칩니다
급히 나가며 반쯤 열려 있는
현관문

너의 등 뒤는 캄캄합니다
나를 바라보던 네 눈동자 한가운데
암점暗點

한낮의 어둠이 옥상 높은 곳에서 내려다봅니다
응달진 처마 아래 비어 있는 제비집,
수풀 그림자 속에서 물소 떼를 응시하는
카탕카의 사자

거울은 얼굴을, 시간은 태양을

오래 기억하지 못합니다
뙤약볕 아래서 또 시뻘겋게 피는
작년 여름의 저
맨드라미

살아야 할 이유

— 상가喪家에서

이 세상 사는 동안
한 번은 우리
단 한 사람을 위해
설거지하다 말고
퇴근하다 말고 잠자다 말고
모여서 눈물 흘려주고
기꺼이
단 한 사람을 위해
그리워해주고 마음을 주고

이 세상 사는 동안
단 한 번은 우리
그들 모두로부터
아, 그리운 그대들 모두의
그토록 더운 속심지 하나를
눈물 나게 황송하게
받을 수 있다
적어도

삶이 끝나는
마지막에는

안양安養

부석사 안양문을 들어서면서
두어 달 전 옛 직장을 다시 기웃거리다
종일 신발만 비에 젖었던 곳이
하필 안양이었음이 생각났다
천국으로 출가하는 지옥이
지옥으로 귀가하는 천국 되려면
이 문을 지나야 하나?
내 눈에는 아무 문도 보이지 않는데
아주 상투적인 표정으로 가파른 돌계단이 쌓여
있다
안양문에서 문을 떼어
분리수거도 않고 처박아버린 자는 누구인가
퀭한 안양문에 서서 눈을 들어 보면
적멸은 북쪽을 등에 지고 있다
무량수전 너머에는
당연하다는 듯이 절벽만 서서
발길 닿을 곳 더 보이지 않는다
무량수전 뒤로 치솟은 북쪽 산의

한없이 푸른 벽을
노을이 떠날 때까지 바라보다가
집으로 돌아와
물에 밥을 말아서
깍두기를 우걱우걱 씹으며
홀로 늦은 저녁을 먹으면
입 안에서
빈 방을 가득 울리며
우두둑우두둑,
지옥 한 채가 소리를 낸다
부처의 귀,
쩌렁쩌렁하겠다

나무는 지도를 그린다

나무의 끝은 뭉툭하지 않다
바람 찬 하늘 어느 구석에든
목숨 한 끝 뾰족하니 찔러두었을 뿐
한 아름 밑동에서 꼬챙이 가지 끝으로
길은 가늘어져도
베어내지 않는 한
뭉텅 멈춰 끝내버리는 법 없다
바늘의 자세로 폭풍우 허공 속을 치떨며
한 끝에서 또 다른 끝으로 길을 내며
높이 두고 온 뿌리를 향해 역류하는
분수의 자세
나무의 길은 매일 날카로운 종점
막막한 발끝이 멈춘 공중을
우두커니 바라보던 나무의 시선이
판화처럼 찍혀 있는 하늘
잘못 들어선 길인지 알 수도 없는
바람 세찬 허공에
나무는 지도를 그린다

생각하면
다들
초행길이었다

막북漠北에 가서

민들레도, 쉬어 갈 나무 그늘, 이정표 삼을 봉우리 하나 허락되지 않은
가도 가도 눈보라 치는 겨울 들판밖에 없는 고비를 지나며
살아 있는 것이라곤 길 잃은 어린 양 한 마리를 보았을 뿐이었는데
어린 양은 휘날리는 눈 속에 우두커니 서서
발뒤꿈치로 얼어가는 제 추억을 밟고 서서
홀로 된 목숨에 열중해 있었지만
막다른 곳이란 사방팔방이 트인 채 아무도 없는 곳
양을 스쳐 지나가는 차창으로 우리는
내년 봄이 오면 싸늘히 주검으로 그 자리에 얼어 있을
양의 미래를 생각하면서 희한하게도 우리 자신을 떠올렸던 것이다.
들쥐들이 독수리로부터 몸 숨길 주먹만 한 돌덩이 하나 없어서 슬픈
지평선 말고는 아무것도 가로막는 것이 없어서 슬픈

아무 데로나 걸어가면 길이었지만
길은 늘 발끝에서 어린 양처럼 멈춰서곤 했고
그래서 양이 잃어버린 것은 길이 아니라 동행들이라는 것을 생각하며
우리는 사이가 너무 멀어서 슬픈 대지를 바라보며 술을 찾았던 것이다.
차창 뒤로 흙먼지 너머로 양은 작아져 먼 시간 속으로 사라져가고
우리는 작년에 잃어버린 그리움이라도 찾아야겠다는 듯
맘 구석을 들쑤셔 낭자한 막북의 황혼을 내달렸던 것인데
밤늦게 도착한 숙소 밤하늘에 무수히 빛나는 눈동자
어느새 어린 양은 먼저 숙소에 도착해
우리를 기다리고 있었던 것이다.

나의 사랑 클라라

밥을 먹으며 땀을 비 오듯 흘리는 까닭이
체질 탓이라고 둘러댄다
사실은 클라라 때문인데

클라라는 밥을 빨리 먹는다
허기가 아니라 빨리 다음 일을 하고 싶기 때문
인과론을 맹렬히 싫어해서 식사 시간이 너무나 아까운
나의 사랑 클라라

바슐라르를 가르쳐주지 않는다고
초급 불어 실습 첫 강의를 뛰쳐나가
끝내 돌아오지 않고
보도블록을 깨던 푸레쉬 클라라

암 병동 복도를 지나며
잡은 손 아버지 놓게 하던
목 넓은 블라우스 속 쇄골 옆 살결

그때 하얀 스커트를 팔랑거렸던가

눈물 많은 그녀, 떠나가는 그녀, 떠나가서는 환하게 웃는 그녀, 불쑥 찾아오길 좋아하던 그녀, 헤겔을 읽던 그녀, 혼자 오래 앉아 있는 그녀, 앉아 있다가 허공에 대고 가만히 미소 짓던 그녀, 뻥끼통 위에 쭈그리고 단팥빵 먹던 그녀, 너무 많은 것을 사랑하던 그녀, 요즘도 빈혈로 자꾸 넘어지는 그녀,

왜 그렇게 잠을 자지 못하냐고 물으면
시를 쓰느라고, 얼른 얼버무린다
사실은 클라라,

밤에도 외계의 공주처럼 벅차서
지구를 돌아다니기에 바쁜
흥분한 사춘기의 클라라,
사억팔천만춘기의 클라라,

— 미안하게스리, 너는 자꾸 가계부만 들여다본다

지금 막 내가 지어낸 그녀
클라라,
즉흥의 한 죽음
때문인데

동백꽃

미치지 않고서야
필 수 있는가

머리에 꽃 한 송이
꽂지 않고

이 겨울
피 떨군 속곳 바람으로
웃으며
춤추며
나비처럼 날아다니지 않고

살 수 있는가

불가능한 가능성의 이유

지난겨울 보름 동안 오리들 천만 마리가 죽어야 했던 이유는
비록 그들은 멀쩡히 건강하다지만 다만 조류독감을 전파할 수 있다는
알 수 없는 가능성 때문이었다

열두어 살 때부터 비행 청소년이 될 가능성이 농후했던 나는
아직 살아 있다
세상이 나를
혹은
하늘이 세상을
포기했던 것일까

격리 수용하기에는 오리들 너무 많고
오리들에게 게토ghetto를 지어주고 나면
배보다 배꼽이 더 커져
지상은 온통 위험한 오리들 차지가 되고

인간 세상은 숨 쉴 수도 없이 좁아질 것이 뻔하기 때문
조류독감 따위엔 관심조차 없는 오리들에게
그런 호사를 누리게 할 수야 없지 않는가
…… 포기하거나 죽이거나

높은 곳에 빈 하늘
무엇 때문에 내게
이 봄을
또 주는가

동심원

호수를 보고 있으면
팔은 안으로 굽는다는 말이 생각난다

둥글둥글 내려와
낮은 곳에서 흐려지는 하늘이
팔 안쪽으로 호수를 가만히 안는다

나는 그걸 혼자서 바라본다

거기엔
예전 아버지처럼 훗날 당신처럼
한 방울 툭 떨어져
푸른 멍 동그랗게 퍼지면
보일 듯 말 듯 흔들리는 속눈썹 따라
동그라미
하나, 둘, 셋,

동그라미들의 아래로

보이지 않는 깊이 점점 더 내려가고
동그라미 커지고 커져
둥근 팔은 호수를 따라 넓어지고

울멍울멍 안 보이는 곳으로 멀리
굴러가는 물 가슴 동그란 파동들

혼자, 호수를 보고 있으면
팔은 안으로 굽는다는 말이 생각난다

짚신고개 신화

삼국유사에 어느 가난한 스님이 살았다.

홀어머니는 부디 큰 보살이 되라고 열네 살 아들을 떠나보냈다. 왕과 신하들은 북쪽 오랑캐들을 피해 서해 큰 섬으로 떠나 나오지 않았다.

불타는 집과 울부짖는 아이들과 말 달리는 소리를 듣지 않으며 보낸 해가 없었고 스님은 휘어진 오랑캐 칼에 두 번이나 베이었다.

삼남三南의 작은 산사에서 이태를 보내고 있던 어느 상강霜降 무렵, 들녘에 거둘 나락 없어 백성들이 추수를 하다 말다 하던 즈음, 왕이 나라의 스승을 찾는다며 스님을 불렀고 늙으신 어머니가 외아들을 찾았다. 스님은 산속 어머니에게로 돌아갔다.

태어났던 고갯마루 초가집에서 어머니와 함께 작은 밭을 일구며 살던 늦가을, 고개를 올라온 한 식구가 사립문 밖에서 물을 좀 달라며 불렀다. 찢어진 옷 위로 이리저리 짐을 진 늙수그레한 아비는 어깨가 깊이 패었고 열두어 살 여자아이와 두 사내 동생은 피딱지 엉긴 입술을 가느다랗게 벌려 물을 마셨다. 스님은 지어미는 어디 있냐고 묻지 않았다. 어른 아이 할 것 없이 너덜너덜한 짚신에는 피가 말라붙어 있었다. 스님은 식구들을 붙들어 툇마루에 앉혀놓고는 바삐 손을 놀려 고운 짚들로 짚신을 지어 신겼다. 그날부터 스님은 매일같이 짚신을 지어 고갯마루 집 앞 나뭇가지에 걸어두었다. 길손들은 부르튼 발, 언 발을 갈아 신으며 쉬었다 갔고 더러 한 식경이나 머물기도 했다. 툇마루에 앉았던 길손들은 강산 방방곡곡에서 일어난 일들을 젖은 주먹으로 전했고 그때마다 스님의 입술에서는 관세음보살, 관세음보살이 연달았다. 고갯길 나뭇가지 아래 밑창이 반쯤 빠져버린 짚신들, 터져버린 짚신들, 피가 밴 짚신들이 쌓였고 저녁이면 스님은 불경 대신 그 짚신들 속의 이야기를 새벽이 오도록 적어나갔다.

그렇게 몇 해가 이어지던 어느 늦가을 초경 무렵, 또다시 쳐내려온 오랑캐 한 무리가 말을 타고 고개를 지나가고 있었다. 고갯마루 오두막 한 채를 보자 오랑캐 한 놈이 들고 있던 횃불을 공연히 휙 던졌다. 오두막은 순식간에 불에 휩싸였고 어머니와 함께 집 안에서 저녁을 먹던 스님은 오들오들 떠는 어머니를 안고 웅크려 있다가, 스님도 어머니도 짚신들도 그만 빠져나오지 못하고 말았다. 어머니와 스님과 짚신들 모두 하나 되어, 어둠 내리는 고갯마루로부터 이제 막 노을 넘어가는 하늘로, 훨훨 불꽃 되어 날아올랐다.

훗날, 사람들은 그때 화염 위로, 아무도 지켜보는 이 없는 산속이었으나 붉은빛 덩이가 검은 밤하늘로 치솟아 올라가는 것을 보았다 했다. 사람들은 그 고개를 짚신고개라 불렀으며 스님이 적어두었던 짚신들 이야기는 아직 불꽃인 채 천 년의 하늘을 날아가고 있다고 했다.

이 이야기는 원래 삼국유사에 실려 있었으나 바람이 하도 읽어대는 통에 한 글자 한 글자 공중으로 날아가고, 지금은 삼국유사 마지막 빈 페이지로 남아 있다고 했다.

바깥 7

– 뉴호라이즌스

명왕성 탐사선 뉴호라이즌스호가
어젯밤 태양계를 막 벗어났습니다
지구와의 마지막 교신을 끝으로
이제 앞으로 얼마일지 알 수 없는 시간 동안
멀고 먼 우주를 혼자서
계속 날아갈 것입니다
우리는 모르는 새 지평선을 찾을 때까지
찾아도 우리에게 전할 길도 없을
새 대지에 닿을 때까지
닿다가 그만 부딪혀 폭발하더라도
닿지도 못하고 은하수에 찬란히 부서져
우주 먼지로 다시 태양계의 어느
가을 창밖을 스쳐 지나더라도
그 소식마저 우리에게 전할 길이 없을
무인 우주 탐사선
혼자서도 용감히
어제를 끝으로
우리에게서 완전히 떠났습니다

잘 가, 잘 가
우리 뉴호라이즌스

빗방울처럼

시집 안 가고 돌아가신
당감동 할머니처럼
시나브로 내리는 밤비
창밖 은행나무를
홀로 적시는

내 속 먼 곳
번지는 노란빛 물살
누가 나 몰래
서성이다 갔나
짧게 환해지는
빗방울

아프지 않게
가닿기를
빗방울처럼
홀로
시리게

스밀 수 있기를

바깥 8

– S. N. S

인도 위로 떨어지는 빗방울들
흐르는 빗물 위의 동심원들

중심을 흔드는 이심은 보이지 않는다
다만 여기는
완전한 구형이 납작한 원형으로 눕는 장소
조감도를 놓친 새들이 하늘에서 내려와
고도 2미터 이하의 눈으로 내다보면
그리운 사람이 걸어올까

타코 브라헤의 천체 망원경, 우주는 열여섯 살 여학생처럼 샐쭉해져서 궤도 옆을 자꾸만 힐끔거리고
빗방울은 빗방울을 외면하고 내린다
다만
빗물관에서
누구의 비누 향 뜨끈한 샤워 흘러내린다

화성, 목성, 수성, 토성마저도 별인데

아무도 지구를 별이라 부르지 않았다
지구는 그저 하나의 구球
별이 되지 못한 구는 빗방울 타고 내려와 땅 위에 눕는다
나뭇가지에서 떨어진 과즙들
빨간 플라스틱 바구니 안에 옹기종기 고여 있다
철 지나가는 사과 몇 개, 싸게 사서 집으로 간다
소리는 오직 넷
내 걸음 소리, 검은 비닐 봉투 소리, 입에서 담배 연기 나가는 소리
그리고 우산 위에 떨어지는 빗방울 소리
어깨를 피하는 동심원들
너 말고 내가 알 수도 있는 사람은 누구일까
태양계에서 떨어져 나간 명왕성은 잘 있을까
내 발 앞에서 나타났다 사라지는 동심원들
징검다리로 짚으며 돌아간다

비는 오직 구체적으로만 내려서

집 안은 젖지 않는다
하루 종일 비는 내리고
태양은 명왕성 발코니로 다시 가서
하늘색 아마포 커튼 빨래를 걷어올 수 없네

나는 모르는데
내 이름을 알고 있는 고지서들이 잔뜩 쌓여 있는 식탁
나도 사과들에게 이름을 분배해주는 놀이를 해 본다
너는 볼그족족 사과, 너는 발그레레 사과
목젖을 스치는 하얀 과즙은 슬픈 표정을 짓는다

그러고도 생生이 남으면
비 내리는 창밖을 마저 보며
고지서들을 정리하는 일

바깥 9

– 만 리 밖 친구

나는 다그바의 친구
그는 수천 킬로미터 밖
오랑캐라 불렸던
딴 나라 사람
다그바는 나의 친구
우리는 이제껏
평생 딱 한 번,
그날만 만난 친구
서로 취해서 웃고 떠들다
취한 웃음 말고는 서로 말을 알아듣지 못하는데
의형제를 맺고
밤늦도록 얘기하고 어깨 걸고 노래한
나와 다그바는 친구
그날 길고 긴 바람 때문이었으리
다시 만나지도 못할 텐데
지금은 살았는지 죽었는지
알 길도 없는
우리는 형제

그는 나의 딴 나라

내 영원한

만 리 밖

친구

2부

달의 대위선율

– 연옥 깊숙이 들어간 루이 아라공을 기념하며

나를 헛되이 바라보고 있나니
마주한 시선과 응시는 서로의 과녁에 닿지 못하네
너는 지금 널 보고 있는 나를 마침내 보고 있지만
네가 나의 둥글게 빛나는 눈동자를 볼 때 너는 암전
나는 네가 휩싸여 있는 너의 밤 말고는 볼 수 없고
너는 내 등 뒤에 쌓인 나의 어둠을 보지 못하네
네가 보는 것은 너를 향한 내 찬란한 빛뿐
날 밝아와 네 눈동자 빛날 때 그 빛 속으로
눈부시게 사라지는 나를 너는 볼 수 없네

너를 헛되이 바라보고 있나니
네 응시가 한순간도 쉬지 않고 나를 향하여도
나는 나의 암흑에 휩싸여서만 너를 볼 수 있네
태양이 내 눈동자를 뒤덮는 동안에도 넌 거기 있었지만
너의 타오르는 부재에 홀려 나는 널 볼 수 없네
나의 모든 곳에서 네가 나를 보고 있어도

두 눈동자 마주 오는 두 개의 어긋난 화살
너는 모든 시간에 있고 나는 오직 하나의 시간에 있나니
오직 나의 잿더미 눈동자 속으로만 널 내게 보이네

둘일 때 셋

우린 삼각형이 좋아요. 매일 삼각형을 놀아요. 취미는 삼각형, 특기도 삼각형이에요. 우리는 삼각형에서 살아요. 여기서 평생 살았으면 좋겠어요. 꼭짓점 아래, 밑변 위에서, 그런 다음 꼭짓점에다가 양쪽으로 두 변을 척 걸쳐놓으면 얼마나 아득, 아니, 얼마나 아늑하다고요.

가르쳐줘요? 쉬워요. 우선 나는 여기, 그녀는 저기, 그리고 아무 대화나 해요. 이를테면 "당신은 좋은 아내야." "하하. 좋은 아내이고 싶긴 하죠." 그러면 나와 그녀 사이에, '아내라는 것'이 짜잔, 꼭짓점으로 출현하거든요. 그렇게 삼각형이 완성되면 우리는 아내도 되고 남편도 되죠. 우린 둘일 때 셋이에요. 삼각형 안에서 말하고 웃고, 그렇게 살아요.

네? 물론이죠, 아무나하고도 돼요. 친구든 아들이든 그냥 사람이라도.

그런데요,

혼자는 절대 안 돼요.

꼭짓점 없이 지평선이 되어버린 시린 밑변 위로, 처음 보는 세상 검은 태양이 떠오를걸요?

거미

그녀가 내려와요. 구름이 버튼을 눌렀을 거예요. 새들이 눌렀을 수도 있죠. 하여간 공중에는 손님이 거의 없거든요. 내려오는, 내려 오는 몸, 몸에서 그녀가 슬슬 풀려납니다. 그녀의 커다란 엉덩이를 타고 세상이 줄줄 풀려나온다고요. 그녀는 허공 높은 곳에 몸을 단단히 매어놓았네요. 늙은 엘리베이터 걸입니다. 흔들릴 때만 잠시 번쩍번쩍 보이는 은빛 엘리베이터 줄 끝에 그녀가 타고 있어요.

그녀가 내려와요. 내려오다가 와다다다, 까만 스타킹 신은 여덟 다리 가운데 하나가 바닥에 슬쩍 닿는가 싶은데, 순간, 불에 덴 듯이, 황급히, 미친 듯이, 타고 온 줄을 되짚어 올라가요. 발자국들밖에 없는 바닥 닿자마자 유격 훈련 나온 이등병처럼 허겁지겁 올라갑니다.

그녀가 올라가요. 상승하는 그녀의 엉덩이 뒤로 때마침 노을이 번지고 있군요. 보세요, 멋지지 않아요? 엘리베이터를 향해 사방에서 몰려드는 승객들. 사자 우리에 들어갔다 식겁하는 닭들, 귀신을 본 아이들. 태어난 지 사흘만에 깨달아버린 칠조七祖들, 죽자 살자 십자가 위로 올라타던 사람의 아들들, 많은 손님들이 달려오면서 소리를 질러요. 엘리 사박타니 옴 마니 파드메 훔 알라 일랄라 낭자한 공중입니다. 멀리, 아침이 왔던 곳에서 컴컴한 것들이 방생되고 있네요……

— 태양은 지상의 밤을 알지 못하고
노래 터지는 요령 소리 없어도 이팝꽃은 핀다네

오도가도 못 하고 검붉은 공중에
달랑달랑 달린 그녀의 검은색 커다란 엉덩이
점점 부풀어 오르고 있네요.

바깥 10

– 〈노예〉, 미켈란젤로의 조각상, 미완성

1

그는 매일같이 자신의 노예를 구출하러 나갔다
일평생, 천 길 깊이의 절벽 안쪽으로 길을 뚫고
겹겹이 세워진 삼천억 개의 돌문 하나하나 노크하며
찾으라, 그러면 얻을 것이다, 기도하며
불혹을 넘어 중늙은이가 되어가는 주인은
자신의 젊은 노예, 그러니까 바위 속에서 동면하고 있는
알래스카 회색곰 같은 사내를
기억과 희망이 뒤얽힌 안쪽의 단단한 사각형 어둠으로부터
사력을 다해 조금씩 떼어내고 끌어당겼다
힘줄 돋은 장딴지, 굳센 엉덩이, 불끈 솟은 어깨 근육들
주인이 숨을 거둘 때까지 끝내 구출하지 못한 것은
오직 하나, 노예의 얼굴이었다

2

너는 나의 얼굴을 가져가
너의 동굴 속에서 나오지 않네
네 깊은 눈동자 앞에서 나는 얼굴을 잃어
널 볼 수 없네
네 눈동자 한가운데 캄캄한 맹점盲點의 동굴 속에서
눈을 반짝이며 오래전부터 날 보고 있었겠지?
너의 눈은 언제나 나를 사로잡아
내 얼굴은 덫에 걸린 짐승
너의 동굴 밖 나는
거울 앞에서 빠져나오지 못한 나의 얼굴을 찾아보지만
그때 내가 볼 수 있는 건 네가 걸어놓은 그림?
그때 거울로부터 들려오던 야릇한 음성
돌아오라, 돌아오라 유혹하는 네 목소리

나는 동굴 밖으로 나오면 장님이 되는 토끼*
정말 되돌아가야 하나?

3

넌 지금도 거기서
내 눈동자를 렌즈처럼 너의 눈에 끼우고 있겠지
하지만 미안해
난 이제 여기서
가건물 한 채를 나의 안면에 지어 얹고
더듬더듬 돌아다니며 살다 죽을 거야
너는 평생 너의 노예나 만들 테지만
우린 아직도 미완성
우리 서로, 저 너머 끝끝내 텅 빈 얼굴의 한 사람
으로……
차마 살아보자구

* 장용학, 「요한시집」.

바깥 11

– 텔레비전

내 어느 날 저승 가서 이승을 본다면 꼭 이럴 것만 같다
저승 소파에 터억하니 앉아 리모컨을 누르면
타고 온 관 뚜껑이 반쯤 열리면서 검은 사각형이 빛을 내고
이승의 토크쇼며 격투기며, 드라마, 19금, 국제 친선 경기 등등이
빛의 속도로, 울트라HD 급으로 저승에 송출된다
나는 염라대왕 오른편 검은 소파에 드러누워
아직 못 본 이승의 예능藝能이나 드라마를 다시보기로 보면

거기
죽어도 살 수 없는 우리 집이 있고
죽어도 먹을 수 없는 만찬이 있고
취직하고 싶은 회사가 있고 사랑하고 싶은
여자도, 남자도 바깥 저편엔
다 있다, 되고 싶은 멋진

여자도, 인도나 아프리카, 가고 싶으나
갈 수 없는 여행지도 있고 내가 살고 싶은 이웃도
있고 도저히 가닿을 수 없는
꿈 같은 날들, 한없이 설레던
저쪽의 꿈들을
저승에 앉아 시큰둥 바라본다면

일요일 저녁 먹고 멍하니 텔레비전을 보고 있는
꼭 지금일 것만 같다

바깥 12

– 벌거벗은 여자들

마닐라 부둣가 철거 지역 집단 판자촌
경찰, 깡패, 군인들, 그리고 불도저들의 공격이 시작되었다
바리게이트를 넘어온 구둣발, 파이프, 돌, 프라이팬, 닥치는 대로 들고 싸우던 여자들, 복부를 가격당하고 머리채 잡혀 피 흘리던 여자들이, 부서진 교회 십자가를 흔들어대며 소리 지르던 여자들이,
갑자기
벗고 벗고 벗고 모조리
문득 깨달아버린 돈오돈수의 승려라도 된 듯 팬티까지
찢어 던져버리고 목에 빨간 금이 간
돼지들의 소릴 지르며 일제히
인간의 전全 역사가 갇혔던 검붉은 틈들로부터 일제히
지옥의 입구를 뒤덮고 있던 무성한 금지의
시커먼 숲을 쩍쩍 벌려 헤치며 일제히
뛰쳐나왔다

재림한 신의 충혈된 눈
경찰 깡패 군인 불도저들
혼비백산 도망쳤다

그 후,
한 이십 년쯤 되지?
오늘 스와로브스키 상점 옆
반짝이는 귀걸이 아래로 인류의 여자들은 돌아와
옷을 입고 있었다. 경찰 깡패 군인들 불도저들도
돌아왔다
벌거벗고 십자가 위에 걸터앉아 있던 여자들은 돌
아오지 않았다
하늘이 아주 맑았다

바깥 13

– 문門의 격률

방문房門은 안으로 열린다
안으로 열어야 밖으로 나갈 수 있다

누가 문의 법률을 이렇게 달았나?
내 방문에 얼굴 부딪혔던 당신이야?

아니면 내 친구?
푸른 바람 불던 어느 해 봄날 소년의 아버지?
스무 살 별빛들이 읽어대던 혁명가?
먼 새벽 들판을 혼자 걸어가던 그 사람?
전직 목수였으나 어느 날 뛰쳐나가
집도 절도 없이 살았다던 그 홈리스?
지금은 멀리서 가까이 있는 너? 너?

나는 나가고 당신은 들어올 때
둘 중 하나는 다친다

부르는 소리, 나가 보면

텅 비어 시퍼런
겨울 하늘

사막시편 2

– 진짜 사막에 들어선 막달라 마리아

어디에 쓰랴
이 많은 빛

어둠을 무찌른 빛
빛만 남아
하얗게 죽어가는 대지

그림자 남김없이 불태워 버리는
이 눈부신
쓸모없는 천국
그늘 하나
허락되지 않는
찬란한 빛의 지옥
풀잎 하나 키워내지 못하는
빳빳한 순백

너의 그늘을 잃어
나는 사막이 되네

바깥 14

— 이미지

누구인가
당신이 거울 앞에서 화장을 할 때
당신의 눈동자를 훔쳐
당신의 머리카락을 쓸어 넘기며
당신의 얼굴에
자신이 보고 싶은 그림을 그리고 있는
안쪽의 저자는

당신의 거울 앞에서
세상 쪽을 향해
멸망한 자신의 천국을 다시
축조하고 있는

바깥 15

– 고사리 놀이

고사리가 논다. 고사리가 고사리를 가지고 논다. 고사리가 고사리를 사랑하므로 고사리는 고사리에 중독되어 있다. 물에 빠진 자는 지푸라기를 움켜쥐지만 고사리는 고사리를 움켜쥔다. 고사리 아닌 것들을 위해 보이지 않는 맹독을 뿜어내는 고사리, 아무 이파리나 뜯어도 고사리, 자기의 조각 하나로도 다시 자기 전부를 만들어낼 수 있는 거룩한 전체주의자, 고사리는 고사리가 불안하다. 태어나 한 번도 몸 밖으로 나가지 않는다. 눈 안에서만 뱅뱅 도는 눈동자. 죽을 때까지 씨도 꽃도 없이 생각과 몸 사이에 고사리만 있는 고사리는 생각과 몸 사이에서 나오지 않고서 어떤 질문도 받지 않는다. 요새도 우주에선 고사리가 대유행이다. 파도도, 별도, 나무도, 구름도 고사리를 따라 한다. 고사리는 지치는 법이 없어서 홀아비 냄새 풀풀 나는 늙은 시간이 지겨운 태양 아래 고사리들을 뜯다 뜯다 지쳐서 그늘에 들어앉아 하염없이 쉬고 있다.

바깥 16

— 또 문門

누구의 손톱이 저렇게 오래
벽에 사각형의 금을 파냈나

그러나 저것은
열림의 위치에 세워둔 것인가
닫힘의 위치에 세워둔 것인가

— 문은 위선적이더군. 안에서 보니까
— 밖에서 보니까 위악적이던데?
— 아니, 거꾸로 아닙니까?

열어봤자 열리지 않고
닫아봤자 닫히지 않는다면

— 탈출은 안에서 잠겼지?
— 개입이 밖에서 잠갔잖아?
— 아니, 거꾸로 아닙니까?

내가 아무리 문의 표리부동을 이용해보려고 한들
문의 날카로운 이분법 따위가 내 무엇을 용서할 수 있나

안도 필요하고 밖도 필요해?
문은 안이 문제일 때,
밖이 문제일 때 필요했겠지

— 대체 넌, 언제 저 문을 떼어내 버릴 거야

열어봤자 열릴 것이 없고
닫아봤자 닫히는 것이 없는

바깥 17

— 원스 어폰 어 타임 인 아메리카

먼 훗날 아메리카에서 누구도 모를 이야기 하나.

열일곱 살에 술집으로 간 누이를 채 가서 결혼까지 하고 뉴멕시코에서 잘 살고 있노라고 십 년 만에 알려왔던 맥스웰은, 말하자면 미국 하층민 출신의 캠프 하야리아 흑인 병사였다. 자주 유리창 깨져 있던 집의 키 작은 딸을 대단히 실험적인 방식으로 구원한 것은 단군의 자손도 배달의 민족도 아닌 찢어진 눈의 동양 여자를 좋아하는 젊은 아메리칸의 취향이었다. 반전 평화 히피 문화가 범람했던 그때의 아메리카에서 대학에 가지 못한 그가 자신의 취향을 발견할 수 있는 길은 캠프 하야리아 담벼락 옆 방석 있는 집의 골방 안 코카인 속이었다. 그 후 다시 십여 년 만에 상견례에서 만난 그와 내가 더듬더듬 친족의 친밀함을 표현하려고 애쓰는 동안, 누렇고 검은 간헐적 침묵 사이로 파리 한 마리가 코카인에 취한 듯 아주 글로컬한 표정으로 갈팡질팡 축하 비행을 하고 있었다. 별다른 수가 없다는 듯 멋쩍은 두 웃음이 눈시울 바로 밑으로 올라왔다.

바깥 18

– 반도체

"너희 새키들은 전쟁이 끝났는 줄 알지?"
영화《변호인》에서 고문 형사 차동영의 말

넌 나의 0
아니면 1

자, 끝났다. 꼼짝 마, 난 도체 아니면 부도체. 여기 죄다 집어넣었어. 나의 당신들, 나의 번호들의 저녁 식사와 애인들, 여행과 꽃다발들, 나의 스마트한 잔액들. 거기 당신, 다하우 같은 데로 패키지 여행이나 한번 어때? 너희들은 절대로 나를 모르기로 한다. 깔딱깔딱 내 손가락을 한번 타보실까요? 노동이 너희를 자유케 하리니, 두 줄로 서세요.

느낌은 당신들의 노동만큼 각자에게 분배될 거예요. 존엄한 몰록이 곧 우리에게로 오실 것이다. 나는 당신을 모르기로 한다. 추방, 추방, 자, 잘 보세요. 당신은 저기, 당신은 여기. 내 손가락 끝이에요.

나누지 않고 나눌 수 있는 것은 이제 없습니다. 기분이 더러우니까요. 이판 아니면 사판입니다. 백척간두가 나의 집. 당신은 기쁘거나 슬프거나 둘 중 하나만 하기로 하자. 두 줄로 서세요. 안 돼요. 지정한 자리에만 앉으세요. 존엄한 몰록이 곧 오실 것입니다. 왜냐고? 155마일입니다. 안 보이세요? 내가 공포에 떨고 있어요. 알라가 겁에 질려서 오실 것입니다. 네? 쓸데없는 소리 마세요. 이제 와서……

바다였다가 땅이었다가, 바다도 아니고 땅도 아니고, 갯벌 같은 느낌은 모술쯤이나 가세요. 우린, 원래 그랬잖아요. 이제 와서…… 가서 잘해보시기를.

돌아가라. 통사정도 씨알도 먹히지 않는다. 감정은 각자 분배될 거라잖아요. 걱정 말아요. 걸어온 길도 걸어갈 길도 보이지 않는, 나는 모르는 일이기로 하자. 잘 보세요. 여기예요. 까딱이는 손가락 끝. 들숨이거나 날숨이거나, 하여간, 곧 몰록이 와서 깔딱깔딱 스위치를 손에 쥘 것입니다.

넌 나의 1
아니면 0

바깥 19

– 눈의 해부지리학

눈은 왜 앞에 있을까
바깥이 궁금해서 눈이 생겼다잖아
겁나서가 아니고?
보고 싶어서일 수도 있지
내 말이. 손가락 끝에 달려 있으면 얼마나 좋아
손을 휘저으며 다 볼 텐데
하긴
뒤통수에 하나, 이마에 하나 있어도 좋겠다
적도 보고 앞도 보고
옆은 안 봐?
고개 돌리면 되지
옆을 차별하는군
옆은 별 관심이 없나 보지 뭐
그럼 광어들에게는 위가 앞인가
그러게
걔들은 바닥에 바짝 붙어 다니면서
왜 그렇게 위로 눈을 치켜뜨고 다닐까
위가 아니라 그게 앞이라니깐

그럼 걔들은 옆으로 헤엄쳐 다니는 거야?

글쎄, 그런가?

위를 앞으로 보면서 옆으로 다니는 거잖아?

그게 뭐야

광어지

풉

아니, 원래 물고기들은 양옆에 눈이 하나씩 있잖아

그니깐, 걔들은 앞이 양쪽에 두 개 있는 거지

앞이 두 개라고? 말도 안 돼

앞이 두 개면 좋지

이상해, 왜 우리는 뒤보다 앞이 더 좋다고 생각하게 된 걸까

역사는 진보한다잖아

눈은 밖을 보고 싶어서 생긴 거라며?

그니깐, 보고 싶은 쪽으로 가는 거, 그게 좋다는 거지

아냐 아냐, 물고기들에겐 앞이 없는 거야

걔들은 옆만 보고 살아?

그렇지. 사람들보다 나은 거지
동료들만 보고 사니까?
아니, 앞이니 뒤니, 그런 거에 빠지지 않으니까
그런가, 난 잘 모르겠어
……
근데 말야 그거 알아?
뭐?
어쩌면 말야, 눈이 앞에 있는 게 아니라
눈이 있는 쪽을 앞이라 하는 건 아닐까
어머, 정말
이 우주에 어디가 앞이겠어
맞아, 난 대구 앞산을 찾아갔다가 한참 웃었잖아
왜?
아니 세상에, 대체 어딜 보고 앞산이라는 건지, 원
하여간
……
자, 그만하고,
나가자

바깥 20

— 말의 외출

1

내가 쓰고 있는 시가 나를 보고 있다
내가 '아'라고 쓰면 '아'가 나를 쳐다본다
내가 세상을 볼 때 세상도 나를 보듯이
내가 상심한 가을이라고 쓰면
정말로 상심한 가을이 나를 쳐다본다

내가 시를 쓸 때
내가 쓰는 시가 나를 읽는다
아니, 내가 쓰는 시가 나를 쓴다
아니, 내가 쓰는 시가 나를 읽다가 쓰다가
문득
물끄러미 고갤 들어 나를 바라본다

마치 낯선 이물질이라도 발견한 것처럼
처음 보는 사람인 것처럼
내가 예전에 당신에게 사랑해라고 말했을 때처럼
나타나면서 사라지고 사라지면서 나타나는 당신의

등 뒤를 추적하는 눈길처럼

내가 시를 쓸 때
내가 쓰는 시가 나를 바라볼 때
연어가 고향으로 돌아와 알을 낳고 죽듯이
내 시가 내 안으로 와서 죽을 때
누군가 나타나
나와 함께 죽은 말들의 주검을 헤집고
밖으로 나간다

지금, 당신에게 그가 가고 있다

2

무사히 건넜을까?
말들은 어떤 지느러미를 가졌을까?
어떻게 저 허공을 건넜을까?
아제아제바라아제 몇몇은

서둘러 허공이 되어버렸을까?

3

내가 쓰고 있는 시를 당신이 보고 있다
시를 쓰고 있는 나를 당신이 응시하고 있다는 것을
나는 또 그 옆에서 지켜보고 있다
우리는 무슨 사이지?

고맙다 당신으로 하여 나는
당신이 나를 보고 있음에 의하여 나는
비로소 밖으로 나갈 수 있다

이것은 부정이 아니다
나는 나도 당신도 부정하지 않는다
우리는 서로를 부정하지 않고도
우리가 아닐 수 있다

당신이 나를 읽으며
당신이 나를 씀으로써
읽으면서 읽히지 않고 쓰면서 써지지 않는

처음의 공백 속으로 우리는
다정히 걸어간다

고맙다
이제 우리 이 세상과는 안녕이다
우리는 임신한 여자들의 불룩한 배처럼 둥그런
세상의 한가운데 공백 속으로 들어간다

3부

새

뻘밭 묻힌 발목
날아가는
새 본다

육신의 노동이
육신의 무게까지 들어 올릴
날이여

날아라
날아라

오오, 제발 저만치
새여

가다오
가다오

흔적

개나리꽃 피었습니다

마지막 잔액을 찾아가던 급한 발걸음 소리, 사나운 도마질 소리

독촉장들처럼 뾰족하게 꽂혀 있던 처마 끝 고드름

소식 끊긴 동생네 수소문하던 전화기

사위스러운 밤 뜬눈으로 뒤척이던 개천의 수초들

눈물 목메임 떨림 곤죽이 된 국밥

봄꽃이 봄과 손가락 걸고 내년을 약속하는 눈부신 거리

누구와의 약속도 없이 걷던 길바닥

개나리꽃 피었습니다

술집 앞 무얼 때려 부술까 희번덕거리던, 취한, 흰 눈자위

서울을 포기하고 남방 150킬로미터 아래로 쏟아져 내리던 눈발들

소각장으로 실려 갈 하얀 봉지들 옆에 우두커니 앉았던 시간들

검은 개천 야윈 어깨 너머, 해지는 하늘 가르던 산

꿩들의 울음소리
공터 옆 묵정밭, 짙게 밴 얼룩 매운 연기 되어
불타오르던 신발
개나리꽃 피었습니다

이른 아침, 새로 파마머리 하고 어깨에 파스 붙이고
옹기종기 관광버스 기다리고 있는 꽃들
내후년, 내후년 간다던 봄 소풍 이제 간다고
평형으로 가는 길가에 비평형의 꽃들
나리 나리 개나리
왁자지껄 피었습니다

안은—안긴문장

할아버지는 마음이 아프다, 가
겹문장인 사실을
사람들은 자주 잊는다

마음이 아프다, 가
할아버지, 품에 가만히 안겨 있는
안긴문장이라는 사실을 쉽게 잊는 것은

할아버지가 힘겹게 안고 있는
마음이 아프다, 가

너무 안쓰러워서일까?
할아버지, 가
마음이 아프다, 를 자꾸 보듬어주다가는

불륜으로 고소당하는 탓일까?
말이 말을
안아주기에는

말이 미니스커트처럼 너무 짧아진 탓일까?

한 문장이
한 문장을 안아주는 모국어 대신에
선행사 뒤에서 생략되기 일쑤인 주격 관계대명사에
친숙해졌기 때문일까?

마음이 아픈
할아버지, 가
주어 자리에 올랐다고 해서
가다, 도 아니고 보다, 도 아니고
마음이 아프다, 를
독립 문장 하나를
통째로 지배할 순 없다고 생각하는
자유주의자들의 빗발치는 항의 때문일까?

문장 하나가
문장 하나를
인수합병해 뱃속을 불려가는 것에 대한

반독점주의의 우려와 경고 탓일까?

주어들이
집을 꾸리고 마을을 이루고 나라를 세우지 못하던
그러다가는 서술어들을 다 잃고 말던
조선어학회 이후의 현대국어사現代國語史 때문일까?

무필이 아버지

나의 양정국민학교 친구 꺽다리 무필이는
아버지 직업란에 꼭 직업 군인이라고 썼다

양정국민학교는 군수사령부 담벼락 바로 옆
박통이 일찍이 사령관으로 있었다던 곳
우리는 사령부 마당의 거대한 탱크를
잠시라도 더 구경하려고
하굣길마다 발버둥쳤다

야! 직업 군인이 머꼬?
울 아부지 직업이 군인이라고
그라믄 그냥 군인이지 와 직업 군인이라고 쓰노?
몰라, 울 아부지가 꼭 그래 쓰라칸다 아이가

떼를 지어 자전거 타고 무필이네로 몰려가도
단 한 번도 군복 입은 모습을 볼 수 없었던,
복덕방 할배, 문방구집 아저씨랑

골목에 퍼질러 앉아 막걸리 마시고 있던

직업 군인 그 아버지
어제 돌아가셨다고 연락이 왔다

무필아, 느그 아버지, 그 직업 군인 계속했나?
직업 군인? 맞다 맞다 그땐 그래 불렀제
그런데 마, 나중엔 그런 말은 안 쓰기로 했는갑더라
그라고 울 아버지, 중간에 그만두고 다른 일 했다 아이가
그래? 느그 아버지 그때 참 좋았는데……
그래 맞다, 그때 참 좋았는데

해식애의 꿈

해식애海蝕崖를 설명하는 〈수능 한국지리〉 시간
교실 창가 책상에서 밀려오는 파도와 싸우던 아이
끝내 고개를 푹 숙이며 곯아떨어진다

잠든 아이의 숨소리는 해식애의 파도 소리 따라
점점 깊어지는데
웃음을 참는 얼굴들
못 들은 척, 안 들리는 척한다

민망한 선생 목소리를 낮춰
“얘들아, 우리 조용히 수업하자. 쟤, 깰라”
키득키득 소곤소곤, 봄 바닷가 가만히 파도치는 교실

잠시 후, 코를 골던 아이
갑자기 벌떡 고개를 쳐들고
온몸을 떨며 물기 털어내는 강아지처럼

자신을 휘감았던 꿈속 고요를
부르르 떨어낸다

와하하, 봄 꽃잎들 터져 흩날리는 바다
산산이 흩어지는 열일곱 살 나비의 꿈

파도는 높은 절벽을 쓰다듬으며
어딜 그렇게 스며들고 싶었던 것일까

코펜하겐 동물원을 위한 이중주

4월 16일, 아침
어제까지, 이론은 시들을 이겼고
오늘, 세상은 모든 이론을 이겼다

일요일 오전, 코펜하겐 동물원은
어린이들을 데리고 온 관람객들 앞에서
기린 마리우스를 전기충격기로 쏴 죽였다
미국은 망해가는 은행들에게 6천억 달러를 풀었고
마리우스의 살과 뼈는 사자 일가족에게 던져졌다
동물원은 그 사자들도 죽였다
미국 국민들은 도덕적 해이를 규탄하며 월스트리트에 돌을 던졌고
수많은 시민들은 도살자들에게 당장 문을 닫으라고 부르짖었지만
동물원은 당당히 말했다

— 기린 마리우스는 너무 흔한 종자여서
죽었고
사자 가족은 공간이 부족해 죽었다

너무 흔해빠진 자본주의에 맞서
현대의 시인들은 흔해빠지지 않은 시를 쓰
고자
필사적이었지만
자본주의를 살리기 위해, 라는 대의와
슬픔이 변경된 적은 없다

4월 16일, 밤
세상보다 슬픈 시는 아직 쓰이지 않는다

정렬

왼쪽, 오른쪽, 좌우 그리고 가운데 정렬
컴퓨터 문서편집기는 네 개의 가능성을 반복한다

불가능성은 불법이 되었다. 가슴쪽 단추를 잠그지 않은 낭만주의자들은 더 이상 관측되지 않는다. 아무도 이탈하지 않는다. 고문이나 미행, 목자나 깃발이 있는 것은 아니므로 나의 글자들은 대량 생산품이 꿈이 되었다. 불가능성은 불량하고 불량한 것은 불가능하므로 프레임을 따라 찍혀 나오는 프레스를 지나 컨베이어벨트 위로 줄지어 걸어 나오는 소주병들과 함께 나의 오토매틱 글자들은 난리를 피해 살길을 찾아 떠나는 난민들처럼 보인다. 분리 독립 운동 따위는 엄두도 못 내는 난민들, 영토라는 어휘와 회의懷疑를 잊은 나의 글자들은 포로수용소 포로들 같기도 하다. 성대를 잃어버린 글자들. 맞춤법도 오토매틱으로 지켜지는 친절한 컴퓨터 안에서 내가 이상야릇한 말을 좀 해볼라치면 재빨리 빨건 줄을 그어대는 통에 나의 글자들은 케네디공항 입국심

사대에 길게 줄을 서서 까칠한 심의를 받고 있는 아랍인들 같기도 하다. 방언도 모르고 틀린 말도 뒷골목 말도 모르고 이 세상에 없는 말도 모르는 나의 글자들, 보이지 않는 손을 따라 성실히 살아가는 자영업자들, 서로 팔아주고 사주는 우리 동네 소도시 자영업자들 같기도 하다. 잔뜩 부풀어 오른 풍선이 매혹 당하는 것은 언제나 외부의 날카로운 바늘, 첨단은 늘 극단을 사랑하여서 삐뚤빼뚤도 흐리멍텅들도 다 죽어버렸지만 나의 글자들에게도 가운데가 있긴 있다. 아직 쓰러져본 적이 없는 민망한 직립들, 향수로 샤워한 시신들과 함께 허연 바탕 위로 불끈

사방의 가능성 안에 갇힌 나의 글자들, 궐자들, 나의 첨단 시대들

바깥 21

— 오프사이드

35억짜리 임대가 420억짜리 주전을 향해 크로스를 날려 420억이 헤딩슛 골을 터트리자 평균 2만 2천 파운드 입장료의 2만 관중들 일제히 일어나 열광의 환호를 지른다, 지르다가, 그만 실망의 장탄식을 터트린다. 노 골!

— 공격이 마지막 수비수보다 뒤에서 이뤄지면 반칙!

아무도 최후의 방어선 뒤를 공격해서는 안 된다

최고 존엄의 그라운드여

어둠은 아버지보다 빨랐다
최고장 뒤로 밀려들던
밤은 별보다 빨랐다
이미 시작된 집행들을
엄마와 나는 등 뒤로 바라보았다

보라,

경기장 바깥 라인에 우뚝 서서
거룩한 자세, 성상聖像처럼 단호한 표정의 심판이
반칙 깃발을 추켜올리고 있지 않은가?
보이지 않는 최후의 선을
엄숙하게 가리키고 있지 않은가?

아하하

판타스틱
오늘도
판타스틱

바깥 22

– 뉴스 퍼레이드

시신들이 도착하고 의사보다 먼저 뉴스는 사망을 선언했다
용의자들이 호송 버스에서 내렸을 때 속보는 이미 판결을 내린 뒤였다
오늘부터 흉악한 아동 성추행범의 얼굴을 공개하기로 데스크는 결정했다
시신들은 편안히 쉬면서 의사의 늦은 사망진단서를 받아보았고
피고인은 뉴스가 다 끝난 두 달 후에 혼자 판결문을 읽었으며
의회는 1년 뒤, 새 뉴스가 타전되는 동안 초상권에 대한 법률을 개정했다

숨을 헐떡이며 쏟아내는 긴급 뉴스는
끝까지 들어야 알 수 있는 국어의 어순을 사용했고
국어는 말을 알아듣기 무섭게 새 말이 시작되었다

며칠 전, 벚꽃이 피기도 전에 뉴스가 남쪽에서 밀

려오는 개화를 전선도戰線圖처럼 그려내자
　기후 변동과 꽃샘추위가 연합 작전을 펼쳐 철쭉과 홍매화와 벚꽃을 한꺼번에 올려 보냈고
　뉴스를 보기 싫은 아들에게 노모는 점쟁이집에 다녀온 이야기를 전했다

인생은 아름다워

지구에서 제일 먼저 증발되는 물은
사막 낙타의 눈물

맑은 날, 오늘도 인생은 아름다워서
사막 위에 세운 도시의 거주자들은
소풍 도시락과 망원경을 들고
에어쇼 구경 나온 사람들처럼
언덕 위 긴 관람석에 모여
오순도순 가족들끼리 점심 식사를 하면서
폭격기를 기다린다
폭격기가 굉음을 내며 나타나면 일제히 환호성을
지르면서
망원경을 꺼내 멀리 팔레스타인 쪽의
검은 연기와 불기둥을 로마 황제처럼 내려다본다
한 아이의 어머니이자
한 남편의 아내인 여인
검은색 옷 안에 폭탄 띠를 두른 여인
한 아이의 어머니였던 여인이자

한 남편의 아내였던 여인
검은색 옷과 함께 공중에 흩날린 여인에게
죽음의 고통을 가르쳐주기 위해

지구에서 별빛이 가장 아름다운 곳은
사막

투사投射와 반전反轉

동물원 한 귀퉁이 공작새 수컷들
손님들이 다가오자 일제히 꼬리를 치기 시작한다
맹수의 눈빛을 침 흘리게 할지라도
질투는 가린 등 뒤, 항문 쪽으로부터 자라나
화려한 은청색의 꽁지들
긴 프로필을 펼쳐 너덜너덜 땅바닥을 쓴다
지상에 눌러앉은 새들의 마케팅
나이가 들수록 몸의 무게중심이
날개에서 꼬리로 옮겨가며
새답게 살아가는 법을 잊으며
전시되는 기형들
길들인 사육사의 보호 아니면
야생에서 살아날 확률이 거의 없는
동물원의 수컷들

철책 안, 조롱 가득한 공작새들의
까만 눈동자들

연말 비즈니스룸 노래방 화면
춤추는 탬버린 소리 뒤에서

다나킬 소금사막

지구 가장 낮은 바닥엔
새들의 사체가 많다
해수면보다 121미터 아래
벌겋게 달아오르는 새
섭씨 50도의 하늘을 날아올라야
해발 0미터

추락한 바다를 긁고 쪼개어내려고
칼과 도끼를 쥔 새벽 아파르족
찢기고 패고 금이 간 손등과 이마, 정강이
도구를 드는 손에서는 늘 피가 흘렀다
꿇은 무릎의 상처를 염장하는 바람은 얼마짜리
건조 처리되는 통증들은 얼마짜리

121미터 위의 혀들을 위해
추락한 하늘을 지상의 혀들에게로 싣고 가기 위해
멀리서 낙타 행렬이 걸어온다
아파르족도 바다도 새들도 빠져나가지 못한 바닥

소금시장으로 향하는 낙타들만 유유히 빠져나가는
낙타만이 밥 주고 물 주는, 마지막 하나 남은 사랑인 이 바닥
그래, 무릎 꿇자 칼을 쥐고 도끼를 움켜쥐고서
짜고 목마른 바람 시린 뼈마디들 배고픈 눈들아
고개 숙이고 눈물이라도 흘리며
무릎을 꿇자

바깥 23

– 두 개의 선두

그는 수천 혹은 수만 명의 선두에 서서 걸어간다
그는 늘 앞을 바라보며 바리게이트를 향해 걸어간다
우리는 그의 등 뒤를 따라간다
나는 알지 못한다, 그가
잡은 물고기 가득한 투망을 어깨에 짊어지고 가는 어부인지
길 모르는 양들을 오종종 이끌고 가는 목동인지
천군만마를 거느리고 알프스를 넘었다는 나폴레옹인지
우리는 그와 시선을 마주치지 않는다
적어도 시선이 문제인 한에서
우리에게 안은 필요하지 않다 적은 오직
밖에, 시선 앞에 있고 우리의 안은 텅 비어 있을수록 좋다

또 다른 그가 선두에 서서 걸어간다
그는 늘 앞으로 가되 뒷걸음으로 바리게이트를 향

해 간다

우리는 그의 얼굴을 보며 간다

나는 알지 못한다, 그가

마태오복음 25장 40절에 잠시 출현했다가 사라진 그 사람인지

걸음마 시작하는 아기를 바라보며 앉은걸음으로 한 발 한 발 뒤로 물러서는 엄마인지

줄을 부여잡고 안간힘을 다해 끌어당기고 있는 줄다리기 참가자인지

우리는 그와 시선을 마주하며 간다

적어도 시선이 문제인 한에서

우리에게 안은 필요하다 출처는 오직

안에, 시선 뒤에 있고 우리의 밖은 텅 비어 있을수록 좋다

후일담

– 대장의 접시

새로 들어온 취사병이 대원들의 접시에
삶은 고깃덩어리 두 점과 감자 세 개씩 담아 주다가
사랑하고 존경하는 체 게바라 대장의 접시에는
하나씩을 더 얹어 주었더니
체는 그 즉시 그의 무기를 빼앗고
추방시켜버렸다지

한 사람의 호감을 얻기 위해
많은 사람들의 평등을 모독했다, 고

아무렴 어떤가,
평등을 모독한 애정이
다시 평등에게 모욕당했으니
어차피
자유, 평등, 박해*였다 하지 않았나

추방의 슬픔은 불타는 불의不義의 술을
바쿠스의 여신도들과 함께 마시겠지

좋아, 내 기꺼이 당신의
적이 되어주지, 라고 외치며 말야

정의의 공포에 질린
영웅 펜테우스여
어머니와 광녀도 분간하지 못하던
고결한 도덕이여

* 칼 마르크스,『루이 보나파르트의 브뤼메르 18일』.

심판

자신의 이름이 무수히 적힌 페탈라 수천 송이가 배달되자 그는 천상을 울리는 소리를 들었다.

고귀한 불행의 그대 또 하나의 이삭이여 들어라 내 너를 심판자로 세우리니 너는 죄에 속한 너의 시신을 어깨에 들쳐 메고 세상의 죄 속으로 나와 함께 다시 돌아가 죽은 자가 죽은 자를 장사 지내는* 저 간악한 무리들을 벌하게 될 것이리니 두려워 말고 목숨을 내게 던져다오 내 너의 시신으로 새 법률을 선포할 것이며 너의 주검을 저잣거리 한복판에 세세년년 전시해놓고 세상으로 하여금 고개 숙여 경배케 하리니 너는 어서 명을 따라 목숨을 내게 바쳐라 나는 날마다 페탈라꽃 송이송이 또렷이 남아 있는 필체의 주인들을 찾아가 그 자들의 죄를 낱낱이 물으리니 오, 도마 위에 오른 물고기여 결단하라 국왕의 판결문 속으로 걸어 들어가 그 불행한 죄 속에 너를 아로새겨 넣을 것이냐 세상의 죄 안에서 고개를 들고 일어나 너의 텅 빈 목숨으로 판결문 속 주어의 자리를 영원한 허공으로 만들며 그 모든 주어들을 심판과 함께 구원으로 인도할 것이냐 이는 네가 어머니 배 속에 있을 때부터 시작된 나의 계획이니 이제 때가 되었노라 가련한 나의 종이여 날 밝으면 국왕의 전령이 판결문을 들고 올 것이다 나의 신탁은 오늘 단 하루 네 최후의 받음만 남았노라 보이느냐 나는 이미 칼날 박힌 채찍 오만 개와 불에 달궈진 쇠꼬챙이 십만 개 혀를 뽑아버릴 쇠집게 이십만 개 허리를 찍어낼 갈고리 오십만 개 형리들 백만 명을 준비해놓았다 그러나 네가 하지 않으면 나는 아무것도 할 수 없나니 어서 가련한 아들이여 결심하라

페탈라꽃 한 송이를 집어 들고 그는 조용히, 우주와 시간의 전부를 울리는 그 목소리를 듣고 있었다. 깊은 밤. 손에 들려 있던 꽃잎이 천천히, 조금씩 떨려오기 시작하다가 눈물 한 방울, 두 방울, 나중엔 우두둑 떨어진 뒤 한참 만에 그쳤다. 마침내 그가 두 가지 조건을 제시했다. 채찍이며 쇠갈고리 따위는 거두라는 것과 자신이 마지막이어야 한다는 것. 다시 어머니 배 속 같은 고요가 한동안 머물렀다. 이윽고

창밖 저 높고 먼 곳으로부터, 그를 태울 흰 갈기의 푸르스름한 말 무리를 이끌고 하늘의 신하들이 동쪽으로 내려오고 있었다.

* 『마태오복음서』 8장 21절.

두 번째 비등점 위에서

1

두 번째로 비등점에 오른 물은

아무리 불을 가해도 다시 끓어오르지 않았다. 한 과학자가 그것을 발견했다.

발바닥 아래서 비등점이 아무리 들쑤셔도 한번 끓어올랐던 물은 다시 끓어오르지 않는다. 불에 덴 부위가 고통을 거절하듯 1917년 10월 이후의 세상처럼, 사랑은 다시 눈에 콩깍지를 쓰겠지만, 역사가는 역사가 반복된다지만, 처음은 비극 두 번째부터는 희극이라지만

반복은 비등점이 아니다. 물은 반복에 속지 않는다.

나는 시신처럼 누워 있다. 뜨거운 불덩이 위에서. 노래도 없이 비명도 없이. 발가락 하나 까딱 않고 밑바닥의 불꽃들에 대하여 나는 파업, 기력을 잃은 노인의 사랑, 흥분을 잃은 작가, 상상 없는 혁명처럼

2

그러나 다음 순간, 두 번째 비등점 위

다 죽었던 물이 갑자기 펄펄, 다시 끓어오르기 시작했다. 한 과학자가 그것을 또한 발견했다.

가장 맑고 투명한 얼굴로 고요히 누워 있던 물. 죽음을 깨부수고 미쳐서 솟구쳐 올랐다. 노인의 마지막 사랑인가, 슬픔이 가라앉은 며칠 뒤 다시 울음을 터트리는 사람이었을까

먹이를 물고 둥지로 돌아오는 어미 새들이여, 하늘의 공기를 입에 물고 질식해가던 물들 속으로 돌아오는 물의 재림, 알라여, 천상 감옥에서 탈출하라.

지금 하강하는 수증기들은 다시 승천치 못할 것이다.

부활해서 돌아온 지 며칠 만에 세상을 한 번 더 떠나야 했던 성스러운 사나이야

여기서 지금 콸콸 끓어넘쳐라

3

끝에서 두 번째 세상에서 맞는 두 번째 비등점
그래, 끝은 오지 않고 두 번째 비등점만 반복할 테야
마르고 닳도록 반복되는 두 번째가 우리의 완성이지
살아 있는 한

태풍의 눈

중심은 비어 있다
초속 30미터로 방파제를 쳐부수고 있는
죄 없는 하늘의 머리채를 휘감아 패대기치고 있는
완강한 나선형의 몸부림도
저 안쪽의 텅 빈 구멍에 묶여 있다
간판을 날려버리고 가로수를 뽑아버리는
모든 힘은 저 안쪽의 구멍에서 나오고
모든 소멸이 저 구멍으로 돌아간다

오늘도 텅 빈 눈 하나가
눈을 뜬다
눈은 구멍의 혈육
안쪽 깊숙한 곳의 거울 앞에서
중심을 응시하는 눈은 오늘도 굶주려 있지만
중심의 구멍을 채울 수 있는 건 아무것도 없어서
눈은 수면에 분노의 바위를 던진다

소용돌이는 구멍의 외부를 쳐부수고

바다는 폐허의 넓이로 바닥에 쓰러진다

중심은 절대로 중심을 빠져나가지 못하고
구멍은 절대로 구멍을 빠져나가지 못한다
결여의 중심에는 언제나
중심의 결여가
수직으로 서 있다

중심의 한가운데로
쏟아지는 태양
구멍은 오직 구멍 안으로만 떠나고
내 눈은
소용돌이의 구멍이 하직한
동해 쪽 망망대해를
죽어가는 옛날의 여우처럼
바라보는 일만 남았다

정동진

여기서
그가 하직했다
여기는 해 뜨는 곳이기에, 라는
마지막 언어를 남기고

30조가 넘는 자산의 회사는 그에게
월급도 아니고 일당도 아니고 시급도 아니고
분당 225원을
주었다 가끔 불러서
서너 시간의 노동에게는 돈을 주었지만
그에게는
그의 꿈에게는
그의 불안에게는
그의 가정에게는
그의 인생에게는
그의 존재에게는
모든 추상들에게는
한 푼도 주지 않았다

여기 누워서야 처음으로 나는
이제 막 물에서 솟아오른
아직은 깨끗한 해를 볼 수 있다
세상의 모든 태양은 아침이면 맨 먼저
모래 위에 식어버린 그의 생애부터 비추어야 하고
나는 온종일 그의 검은 몸이 흑점처럼
덕지덕지 붙은 태양 아래서
추상이 제거된 식은 맨밥
덩이를 삼켜야 한다

파도 소리
파도 소리
파도 소리

조문 오는 바다들이 끝없이 밀려와
그의 육신 옆
추상의 은빛 알갱이들을 쓰다듬는다

여기는
해 뜨는 곳, 이라는
마지막 내일을
노래 부르며

미시물리학 교수의 불가사의한 창작 강의

*

그가 말했다. 시는 이렇게 쓰인다

#1

내가 싣고 다니던 모든 무거운 것들이 밖으로 쏟아지던 순간, 어차피 몸은 점점 무거워지다가 천천히 가벼워지는 시간 덩어리였으므로 내 몸은 자신이 근본주의자였음을 고백한다. 야금야금 가벼움을 잠식해오다가 정지의 순간부터 아주 느릿느릿 다시 가벼워지기 시작하는 몸. 무게가 무게를 사용하면서 가벼워질 수 있는 건 속도 위에 승차했을 때였지만 브레이크를 밟는 순간, 무게가 내 몸을 부수고 뛰쳐나가 저기서 몸을 잊어버릴 때, 속도의 방향으로 돌진해 36.5도의 정지선을 넘어가서 홀로 멈출 때 - 운전석으로 쏟아진 철근 기둥이 트럭 기사의 뒤통수를 부숴버렸다 - 정지선 너머로 더 이상 쏟아질 것이 없을 때, 지구 쪽으로 기울어질 만한 것이 더 남

아 있지 않을 때

순간, 0에 가까워지는 것들, 요실금 걸린 늙은 지구는 자꾸만 시간의 중력을 질금거리더니 괄호 속으로 파고드는 것들, 늘 비상 브레이크를 손에 걸고 달리던 기관차의 승객들, 후불을 거절하는 만국의 임금 노동자들, 쇠사슬 대신 전자발찌를 끊어버리는 성 범죄자들, 혹은

차가운 경건함이 흐르는 저 아래 카타콤이 지금도 몇 천 년째 만들어가고 있는 어떤 비밀 위에 서 있는 성당의 첨탑에서 울려 퍼지는 종소리를 타고 저녁 도시를 날아오르는 비둘기의 까만 눈동자 속처럼

우주가 새까맣게 빛날 때

#2

눈으로는 보이지 않는 폭우에 무너지고 있는 궤

도. 폭풍우 속에서 파동 함수로 흔들리는 빗방울들의 선율 - 흔들리지 않는 침대를 판다는 무시무시한 광고를 당신도 보았을 테지? - 떨리는 가슴으로 한 점 한 점 그려나가는 점묘화, 물컹물컹한 내 살결 위에 물결 지어 흐르는 너의 점묘화 - 티벳 승려들은 색깔 모래로 그린 만다라를 히말라야 산정山頂 높이 날려 보내곤 했다 - 대위법의 음악이 흐르는 카페, 이어폰을 한 쪽씩 나눠 꽂은 애인들의 한 쪽 귀로 들어온 선율과 다른 한 쪽의 귀로 들어온 또 하나의 선율이 두 개의 머리 위에서 만나 하늘로 울려 퍼지는 나선형의 두 선율로 춤추며 한참 만에 가닿는 지구 원주율 그 맨 끄트머리에서 앞 숫자들의 기억을 뒤흔들며 요동치는 주민등록번호들

#3

체중계에 발을 올리면, 흔적과 징후 사이에서 파르르 떨리는 끄트머리 숫자들, 내 들숨과 날숨 사이

를 골똘히 생각하는, 수많은 질량 가설들만 쏟아내는 회의주의자들 - 나는 외경外經에서 인간의 고함소리에 예루살렘 성벽이 무너졌다는 것을 읽은 적이 있다 - 웅성대는 소문만 낳는 뉴스를 끄고 음모론을 펴는 구전 설화 속의 예외 상태를 킬킬거리며 듣고 있는 수상한 자들의 근질근질한 발음들이 자꾸만 기웃거리는 저 어두컴컴한 술집의 취한 속어俗語들

#4

나의 오른발과 너의 왼발이 0 모양의 끈에 함께 묶여 이인삼각 달리기를 즐긴다. 내가 키를 높여 올라가고 싶으면 너는 몸무게라도 줄여 내려가 주렴 - 슬퍼하는 내 앞에서 너는 너의 기쁨을 숨겼었지? 그치? - 0 모양의 시계에서 결국 탈출하고 만 시간, 지금 몇 시입니까? - 당신이 내 방문을 두드렸을 때, 나에겐 너무 늦고 당신에겐 너무 일찍. 또는 그 반대였거나. 조울증 걸린 남자들이 길거리를 배회하다

행인들이 웅성거리며 모여 있는 장소로 휘어져 가서
기어이 일을 저지른다. 시간이 시간을 지키지 않는
시간 속

#0

식탁에 미시물리학 책을 펴놓고 밥을 먹으며 상상
하다가
밥을 먹는 겐지 상상을 먹는 겐지, 토할 듯이 어지
러운 나는
불가사의를 덮고 밥을 먹는다
미래는 상상 속에 있나
밥 속에 미래는 있나
입이 먹어도 포만감은 머리의 것
밥은 입을 떠나 생각 속으로 가고
입은 머릿속을 꾸역꾸역 먹여 살려서
밥은 하나의 상상된 끼니
그러다 죽는다

밥을 먹어도, 밥을 먹을수록, 불가사의는 덮이지 않는다

발톱은 무죄라고 유령이 말했다

1

밤은 자주 온다. 화석처럼 생긴 이불 안으로 슬금슬금 들어와 들릴 듯 말 듯 주문을 소곤거려 낮에 없던 다른 발톱들을 발가락들 끝으로 불러낸다. 어두운 살을 뚫고 하나둘 돋아 나오는 발톱들. 물 없는 밤바다에서 밤은 자주 나의 다리로 노를 젓는다.

어둠이 헐렁해지고 시간의 문틀이 틀어져 꼭 닫히지 않는다. 이불 안쪽을 곳곳에서 할퀴는 소리 들려온다. 내가 물 없는 밤바다의 사공으로 차츰 차츰 변해가고 이불 안쪽이 달을 따라 부풀어 오른다. 스걱스걱 소리를 세며 나의 발은 열 개 스무 개 백 개로 늘어난다. 밤은 깊어가고 이불 안쪽은 넓어지기를 멈추지 않는다. 긁혀 떨어지는 소리가 물 없는 밤바다 추락하는 유성들로 증식한다.

맹인의 귀가 날카롭게 곤두선다. 아귀 맞지 않는 문틈으로 시간이 걱정스러운 발뒤꿈치를 들고 밖으로 빠져나가고 불협화음악으로 변한 푸석푸석한 공기가 목과 코로 들어오기 시작한다. 이불 안쪽에서 어둠의 비늘이 점점 더 많이 떨어져 내린다. 물 없는 밤바다. 말라붙은 내 살과 뼈는 순간을 놓친 순간접착제처럼 더 이상 서로 붙지 않는다. 비늘이 반쯤 긁혀 나간 이불 안쪽 어둠의 피부가 갈수록 꺼칠꺼칠해지고 바닥은 미끄럽게 젖은 비늘이 떨어져 축축해진다. 노가 된 나의 다리는 어디다 발을 내려놓을지 난감해진다.

누가 밤새 속수무책의 모든 엉거주춤을 완성해 간다. 완성해가는 동안, 나와 공기와 시간과 어둠과 어둠 속의 사물들은 함께 밤의 공터에 모여들어 낮고 어정쩡한 음성들을 웅성거린다. 이제, 뭘, 어찌, 하죠? 불안한 손이 몽롱히 일어나 발톱들을 뜯어본다. 발톱은 뜯겨 나가면서도 생살 덩어릴 물고 놓지 않는다. 밤에 생살 끝 피를 손가락으로 문지르는 일은 비통하다. 모든 것은 끝내 매끈해지지 않는다.

2

따뜻한 함몰의 잠. 구멍의 유령이 나를 구원하리

나는 벗어둔 양말을 대낮처럼 신고서야 비로소 잠의 강복에 드네

발톱은 무죄야

양말 안에 잠겨 있던 캄캄한 구멍 유령이 네게 속삭였다

구멍 유령은 키가 크다. 그는 내 발 크기를 언제나 정확히 알고 있지만 나는 유령의 키를 본 적이 없다. 그가 양말 안에서 일어설 때면 그의 키는 천장을 뚫고 한없이 치솟았고 그의 얼굴은 늘, 솟구치는 밤의 구름 속에 잠겨 있었다

나는 키 큰 함몰 속으로 잠들어. 나는 화분의 식물. 직립보다 먼저 아가의 발에 처음 신겨졌던 양말 속에 발을 담그고 나는 자라왔다. 구멍의 유령에게 내 발목을 주고서 비로소 나는 외출해왔다

밤에, 다시, 거기에 발을 담그면
내 발을 베어 무는, 아, 처음처럼

부드럽고 따뜻한 혀
구멍의 유령이 꿀꺽꿀꺽 커다랗게 입을 벌려 나를 삼키네!
— 난 이제 죄 없는 발톱을 뜯지 않아도 된다네

발등을 휘감으며 서서히 밀고 올라오는
힘줄 돋은 넝쿨들, 굳센 구멍의 검은 물관들
나를 칭칭 동여매는구나!
단단한 구멍의 결박만이
길어 올릴 수 없는 든든한 수면의 깊이 위로
오늘도 내일도 나를 잠재워 눕히리
내가 구멍이 되는 어느
새 아침까지

발문

고독한 단독자의 노래

– 송주성 시집에 부쳐

김형수(시인)

0.

송주성을 읽다 보면 늘 외롭다는 생각을 버릴 수 없었다. 그의 시에서는 일견 작고 사소해 보이는 장면조차도 수시로 생애의 떨림을 통으로 전달하는 고독의 냄새가 솟구쳐 나온다.

해 넘어간 묵호항
뜨거운 곰치국을 먹는다

안녕, 잘 있어라
이 말을 해두고 싶어서
그립다, 이 말을 미리 해두고 싶어서
이 한 그릇
뜨겁게 문드러지는 것을 삼키려고

나 혼자

이 먼 길을 왔다

– 「묵호」 전문

단지 한 여행의 종착지에서 국밥을 사 먹는 장면에 불과한 이 시의 행간에 가득 고여 있는 것은 말할 수 없는 허전함이고, 존재의 근원에서 흘러나오는 외로움의 질량이다.

1.

내가 송주성을 처음 알게 된 것은 1989년의 어느 강연회에서였다. 당대를 풍미하던 전대협 운동의 한복판에서, 그것도 자주적 문예 운동의 열기가 한창 뜨거울 때 나는 종종 젊은 강연자의 한 사람이었고, 송주성은 원숙한 대학생의 한 명이었다. 나이도 대여섯 살밖에 차이나지 않아서 우리는 쉽게 형·동생을 하게 되었고, 이후에도 '빈털터리주의자'의 연민을 함께 나누는 사이가 되었다. 그러다 신춘문예에 당선되었다는 소식을 들었을 때는 훌륭한 도반 하나가 확보되었다는 생각에 신이 나서 덩실덩실 춤을 추었던 기억이 새롭다. 하지만 이내 닥쳐올 인생사의 굴곡들을 그도 나도 준비 없이 맞았으니 패기가 컸던 만큼 후유증들도 컸던 것 같다. 특히 송주성은 도식성을 거부하고 모험적이면서도 탐구심이 각별하여 저잣거리에서 시달리는 '민간 학자' 같은 모습으로 가난을 견뎌왔다. 그 역시 미련이랄까 후회랄까 하는 감정은 없으리라 보지만, 나는 그러는 동안 그가 시집 한 권 없이 지내는 것이 마음 한쪽을 차지하고 있어서 늘 나의 책임처럼 안타깝고 미안하고 속상하기 그지없었다. 사사로운 명예를 챙기는 사람이 아니요, 또 30년을 내리 붙어살지는 못했어도 한 번도 정을 떼어본 적이 없는데, 시집 독촉을 왜 못 했는지 모르겠다. 이 독후감은 그런 입장에서 써보는 것이다.

2.

송주성의 가장 큰 특징은 세태의 흐름을 좇아다니는 성격이 못 된다는 점이다. 세상에게 주목받고자 하는 조급함 따위를 일찌감치 졸업해버린 친구였다. 벗이라고는 제 그림자밖에 없는 맹금류처럼 그는 항용 드넓은 허공 속을 날고 있으니, 그의 표현 본능이 발동되는 지점은 단독자의 자리라 할 수 있다. 그의 시를 읽을 때마다 독자가 광야의 끄트머리에 서게 되는 이유가 여기에 있을 것이다. 그는 읽는 자를 대지의 소실점 속으로 끌고 들어가는 데 탁월한 재주가 있다. 그것을 설명하자면 나는 별수 없이 몽골 시절의 기억 속으로 되돌아가야 한다. 다음은 고원에서 흔한 야생의 경험 중 하나이다.

날씨가 흐린 날, 초원과 사막의 경계를 지나다 보면 자주 착시가 일어난다. 마치 초겨울 묵정밭 위에 등 굽은 노인네가 서 있는 것 같은 광경이 눈에 잡히는 것이다. 빗방울이 떨어지기라도 하면 그것은 옛 사람들이 도롱이를 걸치고 엉거주춤하게 서서 소변을 누는 것 같은 장면으로 바뀐다. 그러다 차량이 다가가면 엄청난 크기의 맹금 한 마리가 두 팔을 벌리듯이 아주 커다란 날개를 천천히 펼쳐서 공중에 오른다. 놀라 달아나는 형상이 아니라 귀찮아서 피하는 형국이다. 세찬 비바람에 외투가 부스러진 것 같은 외모를 가진 새(독수리)의 자태에서 왜 그토록 처절한 고독의 냄새가 배어나는지 알 수 없다. 늘 혼자일 수밖에 없는 단독자의 위엄을 초원의 하늘은 제대로 보여준다. 머리 위만이 아니라 눈앞도, 등 뒤도, 옆구리까지도 텅 비어 있어서 발밑을 제외하고는 모두가 허공이라 그곳에서는 존재의 형식을 감출 수 없다.

모든 생명체들의 활동 범주가 한눈에 보인다는 사실은 독수리의 생태계를 참새 때문에 더 잘 볼 수 있게 만든다는 뜻이기도 하다. 초원 위 얕은 곳에서 메뚜기를 잡아먹으면서 노는 참새 떼들의 분주함은 실로 아기자기하다. 사실, 참새들 속에도 통 큰 심성을 가진 녀석, 용기가 가상해서 대범하다 못해 모험을 하는 녀석들도 없지 않을 것이다. 하지만 그들에게 광활한 세계가 얼마나 무서운 곳인지는 늘 떼 지어 다니며 소란을 피우는 모습을 보면 한눈에 알 수 있다. 참새들은 결코 작은 굴레를 벗어나지 않는다. 홀로 떨어져 나오면 죽는다. 그에 비해 독수리는 전혀 다른 숙명을 갖는다. 한 번 쪼아대는 것만으로도 개처럼 큰 포유류에게조차 치명상을 입히는 그들은 넓은 세계를 갖지 못하면 먹이를 얻지 못한다. 외롭다고 친구들과 어울려 다니면 먹이다툼 때문에 무서운 부리를 동료에게 겨누어야 한다. 그리고 그것은 아주 처절한 결말을 빚어낸다. 이는 독수리의 생태질서가 안겨준 것이니 단독자로 살아야 하는 고독은 외롭고 큰 곳을 생의 무대로 사용해야 하는 그들의 존재 형식에서 오는 숙명인 것이다.

인간의 삶에도 여기에 비유될 수 있는 사례가 셀

수 없이 많다. 하나의 마음이 참새로 사는 것과 독수리로 사는 것은 다르다. 독수리는 늘 지평선에서 살아야 하고, 지평선에 서 있으면 누구나 '존재의 미천함'을 깨닫지 않을 수 없다. 모든 것은 하늘과 땅 사이에 놓여 있고, 자아는 천하를 한눈에 담고 견뎌야 한다. 그것은 우리에게 얼마나 뼈아픈 외로움을 안겨주는지 모른다. 굳이 말하자면 나는 송주성의 시에서 늘 '독수리의 고독'을 느낀다.

3.

시가 '존재의 기록'이 되는 소이는 주제나 메시지 같은 데서 오는 것이 아니다. 시적 화자의 눈에 띄는 세계, 사물이나 현상 등이야말로 시인이 서 있는 자리가 어디인지를 보여주는 중요한 단서가 아닐 수 없다. 특히 송주성처럼 자유로운 영혼은 더욱 그렇다. 세어보지는 않았지만 송주성의 시에서 가장 많이 등장하는 관념은 '지평선'이다. "내가 계속 걸어서 길은 자꾸 길어지고 길이 길어져서 또 누가 길 끝에서 사라진다."(「사막시편 1」)나 "표식할 봉우리 하나 없는 들판에서 길을 잃고 보니/ 사람 없는 곳에 길이 있으랴 끄덕이게 된다"(「바깥 5」)에서 알 수 있듯이 그의 시에서는 늘 "막다른 곳이란 사방팔방이 트인 채 아무도 없는 곳"(「막북漠北에 가서」)이 나타나 화자가 서 있는 지점이 공제선空際線임을 보여준다. 나아가 그에게서는 이런 '대지의 끄트머리'들이 물리학적인 현상으로 나타나는 경우가 많지만 자세히 들여다보면 사실은 도회의 삶 안에서도 다양한 층위의 관념으로서, 매우 형이상학적인 끝자리로 놓여 있기도 하다. 가령, "열매는 반드시 그 무릉의 폐허 뒤에/ 툭, 떨어졌습니다"(「바깥 1」)나 "무량수전 너머에는/ 당연하다는 듯이 절벽만 서서/ 발길 닿을 곳 더 보이지 않는다"(「안양安養」) 혹은 "그는 나의 딴 나라/ 내 영원한/ 만 리 밖/ 친구"(「바깥 9」)처럼 말이다.

주목할 것은 이것들이 그에게 사막에 존재하는 자의 영혼을 부여한다는 점이다.

> 이 별빛 아래를 다 걷고 나면
> 저 바람들의 대지에서 나는 또
> 낙타가 될 것이다
>
> -「바깥 4」 부분

그리고 그것은 내게 광활한 하늘 아래 펼쳐진, 한

없이 외롭고 먼 길을 투정 한 번 없이 걸어가는 고행자의 슬픔을 일깨우는 것처럼 가슴을 먹먹하게 한다. 문제는 나처럼 송주성을 오래 겪어오지 못한 초행자에게도 동일한 감흥을 주느냐 하는 점이다.

4.

사실, 그의 시어들은 대부분 우리가 일상에서 사용하는 평이한 말들로 되어 있다. 또한 진위를 가리는 과학이나 선악을 다투는 도덕 혹은 교훈 같은 것들을 피력하려는 의도도 없다. 그에게 있어서 존재는 시간의 대륙을 가로지르는 물체이고, 그 자신은 세상에 가득 찬 수많은 물체들 중의 한 낱개로서 애오라지 걷고 사유하고 또 견딘다.

> 화성, 목성, 수성, 토성마저도 별인데
> 아무도 지구를 별이라 부르지 않았다
> 지구는 그저 하나의 구球
> 별이 되지 못한 구는 빗방울 타고 내려와 땅 위에 눕는다
> (…)
> 철 지나가는 사과 몇 개, 싸게 사서 집으로 간다

소리는 오직 넷

내 걸음 소리, 검은 비닐 봉투 소리, 입에서 담배 연기 나가는 소리

그리고 우산 위에 떨어지는 빗방울 소리

(…)

나는 모르는데

내 이름을 알고 있는 고지서들이 잔뜩 쌓여 있는 식탁

–「바깥 **8**」 부분

이건 「바깥 8」이라는 시인데, 흥미로운 것은 'S.N.S'라는 부제가 달려 있다는 점이다. SNS에 올리는 글처럼 일상의 감각 속에서 쓴 시라는 말인지, 저마다의 일상들이 낙서처럼 찍어놓은 SNS의 마음들이 인도 위로 떨어지는 빗방울들 같아서 쓴 시라는 말인지 알 수 없다. 하지만 나는 그의 이 같은 반응을 통해 성聖과 속俗이 한 몸에 깃들어 있음을 느낀다. 개개 인간의 생존 형식이 세속적 제도를 통해 분절되지 않고 자연현상의 하나로 기능한다. 특히 중요한 것은 '속'으로 치부되는 인간의 삶 안에 아직 '거룩한 신성'의 영역이 내재해 있다는 것이다.

만일 그의 시적 자아가 21세기의 낙타에 비유된다면 그 낙타가 놓인 대지로서의 사막에 비유될 수 있는 환경은 디지털 문명 안에 끝없이 펼쳐진 광활한 시간의 대륙이다. 가만히 보면 이곳에서는, 모든 경계는 희미해지고, 정치적·경제적·사회적 활동들은 문화적 양식을 얻는다. 생산과 소비와 교육이 모두 예술 혹은 오락을 통해 구현되며, 모든 영역에서 미학적 가치가 실용적 가치를 압도하는 것이다. 그야말로 '질서'는 결정론적 체계에서 우연 복합적 체계로, '규칙'은 지배의 원리에서 공생의 원리로, '조직'은 서열 중심의 위계 체계에서 유기적인 네트워크의 사회 체계로, '규범'은 집단 중심의 사고구조에서 개체 중심의 자율 체계로, '커뮤니케이션'은 일방향에서 쌍방향 의사소통 구조로, '존재 양식'은 입자 형태에서 파동이 중시되는 사회로 변형돼 있는 것이다. 이 같은 디지털 공간의 한곳에서 그가 애써 붙들고자 하는 것이 숭고미라는 사실은 그가 아직도 여전히 종교적인 상태를 등지지 않고 있음을 의미한다. 거룩함과 신비로움은 우리가 경험할 수 있는 것 중 가장 아름다운 것의 하나이다. 그것은 물체의 외형으로서만 존재하지 않는다. 가령, 어머니는 단지 여성이 아니라 '존재 이전의 존재'이다. 나보다 먼저 내가 알 수 없는 그 무엇이 있어서 나를 만들었으니, 내 기억이 미치지 못하는 시원始元의 자리까지 올라가야 하는 그곳은 나의 힘으로는 닿을 수 없는 신의 자리이다. 그런데 놀랍게도 그곳은 내가 현재 살고 있는 이 세계의 곳곳에 산재해 있다. 나는 그 틈새에서 숨 쉬고 밥 먹고 사랑에 빠진다. 그래서 우리는 나날이 '자율'이라는 미명 하에 방기해 버린 것들과 그 후유증, 생태적·역사적·미학적 맥락이 살아 있고 서사의 향기가 고여 있는 세계에서 수시로 거듭 정체성의 상실과 대지의 상실을 겪고 있다. 그의 시가 자꾸만 생태계와 역사와 미의식이 결합된 문화 지도를 다시 그리는 이유가 여기에 있다. 그러면서 그가 사유의 도구로 사용하는 인식론적 낱말들이 기존의 언어 질서에는 없는 돌출성을 띈다는 것은 매우 중요해 보인다.

> 밥을 먹으며 땀을 비 오듯 흘리는 까닭이
> 체질 탓이라고 둘러댄다
> 사실은 클라라 때문인데
> (…)
>
> 눈물 많은 그녀, 떠나가는 그녀, 떠나가서는 환하

게 웃는 그녀, 불쑥 찾아오길 좋아하던 그녀, 헤겔을 읽던 그녀, 혼자 오래 앉아 있는 그녀, 앉아 있다가 허공에 대고 가만히 미소 짓던 그녀, 뻥끼통 위에 쭈그리고 단팥빵 먹던 그녀, 너무 많은 것을 사랑하던 그녀, 요즘도 빈혈로 자꾸 넘어지는 그녀,
(…)

지금 막 내가 지어낸 그녀
클라라,
즉흥의 한 죽음
때문인데

-「나의 사랑 클라라」 부분

이 시에 등장하는 '클라라'는 아름다운 여인이 아니라 그가 상상해낸 창조적 관념의 하나이다. 그에게서 이 관념이 중요한 것은, 김소월의 시대에나 가능했던 '총체적 직관의 눈빛'을 여기서 얻기 때문이다. '인간의 생과 운명을 통째로 직관'하는 사유를 가능하게 하는, 요즘 시들에는 없는 이 같은 '인식틀'을 통해서 그는 지금 당장에는 눈앞에 없으나 현생 인류의 생의 순간들을 뜨겁게 달구는 지극한 영

성靈性을 명명해낸다. 그것은 때로 사찰의 벽화에서 지옥도를 보는 것 같은 느낌을 준다.

맑은 날, 오늘도 인생은 아름다워서
사막 위에 세운 도시의 거주자들은
소풍 도시락과 망원경을 들고
에어쇼 구경 나온 사람들처럼
언덕 위 긴 관람석에 모여
오순도순 가족들끼리 점심 식사를 하면서
폭격기를 기다린다
폭격기가 굉음을 내며 나타나면 일제히 환호성
을 지르면서
망원경을 꺼내 멀리 팔레스타인 쪽의
검은 연기와 불기둥을 로마 황제처럼 내려다본다
한 아이의 어머니이자
한 남편의 아내인 여인
검은 색 옷 안에 폭탄 띠를 두른 여인
한 아이의 어머니였던 여인이자
한 남편의 아내였던 여인
검은색 옷과 함께 공중에 흩날린 여인에게
죽음의 고통을 가르쳐주기 위해

-「인생은 아름다워」 부분

이 끔찍한 세계가 바로 언젠가 지젝이 『실재의 사막에 오신 것을 환영합니다』 하고 말했던 현장일 것이다. 하지만 이 속수무책의 세계에 속해 있는 자가 절감하는 지적 대응의 무력감은 오늘도 '지금 이곳'을 힘없이 살아가는 생계형 지식인의 것이다.

5.

개개인이 자유롭게 무언가를 하려 해도 구조가 이미 모두 정해버려 옴짝달싹 못하는 때가 있다. 기존의 언어라는 건 전부 타인의 말이다. 송주성의 시는 그 같은 언어의 지붕을 넘어서려는 열정에 충만해 있다. 그래서 그에게서는 시 창작의 한 방법으로 느껴지는 사유의 모험이 자주 시도되는데, 그것이 목표로 하는 것은 일상의 경험 속에서 아직 밝혀지지 않은 것들을 새롭게 명명하려는 의지로 보인다. 이것이 매번 성공으로 귀결되는 것은 아니다. 당연한 일이지만 자기 마음대로 언어를 만들 수는 없다. 타인의 말을 쓰기 싫어하는 시인들도 무엇인가를 표현하기 위해서는 기존의 언어를 사용해야 한다. 까닭에 타인의 말을 자기 나름대로 해체해 언어의 원초적인 의미 작용을 되찾는다. 겉과 속, 안과 밖, 끊어진 데와 이어진 데가 있는 모든 관계 맺음 속에서, 그러니까 있는 것과 없는 것의 크기와 운동을 재구성하기 위하여 공간 규정과 시간 규정을 재설정하는 어떤 것을 '낯설게 하기'보다 '이질스럽게 하기'로 낙착될 때도 많다.

하지만 여기서 그는 '자아의 범주'를 발견하는 '득의得意'를 얻는다. 압도적 다수의 영감들을 「바깥」이라는 제목의 연작으로 구성하고 있는 데서 알 수 있듯이 그의 우주는 '안'과 '바깥'으로 이루어져 있다. 그리고 그곳에서 존재는 유한하고 자아의 바깥은 '미지'의 영역이다.

나무의 끝은 뭉툭하지 않다
바람 찬 하늘 어느 구석에든
목숨 한 끝 뾰족하니 찔러두었을 뿐
한 아름 밑동에서 꼬챙이 가지 끝으로
길은 가늘어져도
베어내지 않는 한
뭉텅 멈춰 끝내버리는 법 없다
(…)

생각하면

다들

초행길이었다

-「나무는 지도를 그린다」 부분

놀라운 시다. 모든 생명의 끝은 바깥을 향해 나아가고 있고 그 모든 바깥은 생명이 아직 이르지 못한 무한의 세계이다. 이 자아의 감방에 수감된 생명활동의 외부를, 그 속의 부자유스러움을 진술하는 데 성공한 작품이 아닌가 한다.

*

생각해보면, 우리를 발견시키는 것은 외부자의 시선이다. 송주성의 '바깥' 연작들은 그 반대 형식을 취한다. 여행을 떠나기 전에 이미 목적지에 대한 이미지가 형성되어 있지 않으면 안 된다. 여행자들은 이미 내면에 형성된 이미지를 확인하기 위해 여행을 떠나는 것. 목적지의 이미지가 조직적으로 생산되어 공급되지 않으면 안 된다. 이것이 일반적인 인식의

경로라면 송주성은 그 같은 사유의 틀을 전복하고자 시도한다. 그의 시에서 모든 이미지는 아직 태동기에 있다.

뻘밭 묻힌 발목
날아가는
새 본다

육신의 노동이
육신의 무게까지 들어 올릴
날이여

날아라
날아라

오오, 제발 저만치
새여

가다오
가다오

-「새」 전문

인간의 생이 육신을 껍데기로 치부하지 않고 온전한 사랑으로 부둥켜안고 초극의 지점을 찾아가는 포월抱越의 꿈을 나는 이곳에서 본다. 어쩌면 '안'과 '바깥'에 대한 집요한 탐구를 병행하는 이 주제가 그에게는 시적 정진의 이유가 될는지 모른다. 그리고 그것은 나 같은 독자에게 창조적 긴장을 야기하는 지상의 양식이 된다.

6.

실로 오랜만에 송주성의 시를 읽게 된 것은 세상에 가득 찬 언어들, 그러니까 숱한 '사소한 의미'들의 범람이 권태롭기 짝이 없던 복지부동의 한복판이었다. 그 어떤 글을 읽어도 지겹던 시간에 그가 퍼뜩 나를 깨운 것인데, 과거의 시인들, 흔히 고전적인 문헌들 속에서 넘쳐나던, 인생이 얼마나 아득하고 먼지를 가르치는 글이 이즈막에는 거의 사라지고 없다. 생애는 길어지고 시야는 좁아지며 저마다의 세계는 깊고 깊은 전문성의 동굴 속에 갇혀 있으니, 오늘날 시에서 존재의 총체를 노래하는 화자가 출현하기를 바라는 것은 난망한 일이다. 하지만 송주성은 지속적으로 그것을 시도하고 아주 자주 목적지에 닿는다. 나는 여기에 송주성의 문학적 자리가 있다고 본다. 축하할 일이다. 송주성은 한적하고 작은 지방 소도시에서 논술 선생이나 하면서 지내지만 사실은 이것이 이 시대의 선비들이 조선시대의 서당 훈장들처럼 삶 속에서 철학하는 자의 형식이 돼주는지 모른다. 그는 내가 만난 수많은 사람들 중 지적 사유와 민중적 감수성을 가장 균형감 있게 겸비한 시인의 하나였다. 이 보기 드문 기념비가 보다 많은 이의 눈에 띄어 존재의 의미를 사유할 수 있게 만들기를 바라는 마음이 간절하다.

나의 하염없는 바깥

2018년 4월 25일 1판 1쇄 찍음
2018년 4월 30일 1판 1쇄 펴냄

지은이 송주성
펴낸이 김성규
책임편집 박찬세
디자인 진다솜
펴낸곳 걷는사람
주소 서울특별시 서대문구 거북골로154, 104동 1512호
전화 031 901 2602
팩스 031 901 2604
등록 2016년 11월 18일 제25100-2016-000083호

ISBN 979-11-89128-04-3 04810
ISBN 979-11-89128-01-2 (세트) 04810

* 이 책은 2014년 한국문화예술위원회 아르코문학창작지원금을 받아 제작되었습니다.

* 이 책의 국립중앙도서관 출판시도서목록(CIP)은 서지정보유통지원시스템 홈페이지(http://www.seoji.nl.go.kr)와 국가자료공동목록시스템(http://www.nl.go.kr/kolisnet)에서 이용할 수 있습니다. (CIP제어번호:2018013281)